日本最後の敵討《かたきう》ち
——臼井六郎の一念

池松美澄
Ikematsu Yoshikiyo

郁朋社

日本最後の敵討ち——臼井六郎の一念／目次

装丁／宮田麻希

日本最後の敵討ち——臼井六郎の一念

プロローグ

明治九年八月二十三日、一人の若者が秋月から嘉麻《かま》へ抜ける森閑とした山道を急ぎ足で歩いていた。

男の名は臼井《うすい》六郎、十九歳である。

六郎は、藩校の稽古館で学んだ月性《げっしょう》の七言絶句を吟じながら八丁越に挑んだ。

（男児立志出郷関）　男児志を立て郷関を出ず
（学若不成死不還）　学もし成らずんば死すとも還らず
（埋骨豈期墳墓地）　骨を埋むるにあに期せんや墳墓の地
（人間到處有青山）　人間《じんかん》到るところ青山あり

「学もし成らずんば」を「敵討《かたき》ち成らずんば」と言い換え、丹田に力を込め大声で何回も何回も繰り返した。

だからであろうか、八丁峠の急坂にも不思議と息切れはしなかった。

しばらく行くと右手に古処山《こしょざん》が迫ってきた。父の亡き後、嬉しい時も悲しい時も悔しい時も辛い時も、屋敷からそして稽古館から眺めた山である。自分を育ててくれた山なのだ。六郎にとって古処山は父のような存在であった。古処山を見れば父が偲ばれ、父を偲べば古処山を見たくなった。六郎は、今から父の敵である山本克巳を討ちに行くのだ、自分にとって山本は不倶戴天《ふぐたいてん》の敵なのだ。

父は山本克巳に寝首を掻かれたのである。下手人が山本だと稽古館で知った時、六郎は養父の助太夫に、

「下手人は山本克巳、必ず父の敵を討ちます」

と訴えた。助太夫は六郎の顔をしばらく見つめていたが、やがて、「軽々しいことを申してはならぬ。おまえはまだ十一歳、今はひたすら文武の道にいそしむことだ。学問に励み、ものの道理を十分わきまえてから、あらためて考えればよい。よいな、年端もゆかぬのに敵を討つなどと決して口にしてはならぬぞ。敵を討つということは大変なことなのだ。返り討ちにあうこともある。めざす敵を探し回っても巡りあえず、いたずらに歳月を費やして帰るに帰れなくなり、そのうちに意欲も気力も失って朽ち果てた者がなんと多いことか。首尾よく本懐を遂げた者は少ない」

助太夫の口調は厳しかった。

六郎は養父の言葉を思い出しながら歩いた。

後ろを振り返れば、筑前の小京都といわれる美しい秋月の城下が見えるはずである。しかし六郎は振り返らなかった。

ただ一人の肉親である妹のつゆと、敵討ちを果たすまでは帰らないと密かに約束した決心が揺らぎそうな気がしたからである。

やがて、山道の脇の水路の流れが逆になった。六郎は分水嶺を越えたのだと思った。そうだここはもう秋月ではなく嘉麻なのだ。これからは、どんな苦しいことがあろうとも知らない土地で生きていかねばならない。そして、何としてでも父の敵を討つのだと強く心に誓った。

秋月藩

建仁三年（一二〇三）筑紫の豪族原田氏は鎌倉幕府より秋月の地を賜り、その後、地名を名乗り秋月氏としてこの地方を治めていた。

戦国時代の永禄三年（一五六〇）頃になると、九州では豊後の大友宗麟《そうりん》、肥前の龍造寺《りゅうぞうじ》隆信、薩摩の島津義久が三大勢力となっていた。天正六年（一五七八）の「耳川《みみかわ》の戦い」で島津氏に敗れた大友氏は衰退の一途をたどり、九州で最強となったのは島津氏と龍造寺氏であった。

秋月氏は、このような大きな勢力の狭間で時代の波にのまれながらも四百年近く、秋月の古処山城を拠城とし朝倉地方で奮闘していた。しかし十六代秋月種実《たねざね》の時代に、豊臣秀吉の命によって日向国高鍋《たかなべ》の地に移封された。

天正十五年（一五八七）、全国平定を目指す豊臣秀吉は、太閤の威令に服従しない島津義久を討伐するため、三十万余の大軍を率いて九州に攻めてきた。秀吉の島津攻めに対して秋月方ではどちらにつくか重臣を交えて評議を行った。

そして秀吉軍の強大さを知らないまま、島津方との盟約を尊重して秀吉軍と戦うことを決し、近隣の国人衆の応援も得て二万人余が古処山城を中心に陣を構えた。やがて秀吉の大軍が古処山の北側一帯に着陣した。その軍兵の多さと軍装の華やかさに圧倒され、また忽然と出現した「一夜城」に肝を潰して、秋月勢は一気に戦意を喪失してしまった。種実、種長《たねなが》親子は秀吉の前にひれ伏して降伏し、天下の名器と賞されていた肩衝茶入《かたつきちゃいれ》「楢柴《ならしば》」を献上したので、秀吉が機嫌を直し、種実、種長親子は死罪を免れた。

肩衝茶入「楢柴」は元々は足利義政の所有物であったが、博多の豪商島井宗室にわたり、その後秋月種実のものとなっていたのであった。

秋月氏の降伏によって筑前、宗像《むなかた》、豊前、肥前等周辺の国人たちは恐怖に陥った。彼らは秋月の荒《あら》平山《ひらやま》城に陣取った秀吉のもとに貢物を持って駆けつけ、拝謁を願って降伏を申し入れた。そして島津征伐時の参陣を願い出た。

薩摩、大隅から肥後まで九州のおよそ半分を支配下に置いていた島津氏だったが、三十万余の大軍に抗することはできなかった。たいした戦闘もないまま次第に追いつめられ、城下の三里手前に至ったとき伊集院《いじゅういん》忠棟《ただむね》が使者として降伏を申し出て、島津義久は僧体となって秀吉に平伏した。

天正十五年（一五八七）六月、秀吉は九州平定を終えて博多の筥崎《はこざき》宮で国割を行った。

小早川隆景に筑前等の七十万石、佐々成政に肥後五十万石、黒田孝高《よしたか》（官兵衛）に豊前六郡、竜造寺政家に肥前七郡、島津には薩摩を安堵した。

秋月種実は命は長らえられたものの日向財部《たからべ》（高鍋）三万石へ移封となった。三十六万石からわずか三万石に落ちぶれたのである。その過酷さについていけず家臣のなかに脱落する者が相次いだ。秋月に残った者や、舞いもどって武士を辞め百姓になる者も多かった。秋月に「日向石」という地名があるが、これは過酷な財部の生活に耐えられず舞いもどった秋月氏の旧家臣が拓いた土地である。

そのような状況であったため、種実はわずかに付き添った譜代の者たちと新たな国づくりを始めなければならなかった。小さいながら強固な国づくりを終えた種実は嫡男の種長に家督を譲り、自らは二十里ほど南下した日向南端の串間《くしま》に移り住んだ。

その後、慶長五年（一六〇〇）、関ヶ原の戦いで豊臣方に勝利した徳川家康は、恩賞として筑前国五十二万石を黒田官兵衛の息子の長政に与えた。長政は博多の西に「福岡」という城下町を造り、その福岡藩の初代藩主となった。

元和九年（一六二三）、長政の遺言により二代藩主忠之は弟の長興《ながおき》に、筑前国東端の三方を山に囲まれた辺境の盆地である秋月周辺の五万石を分け与えた。ここに福岡藩の支藩である秋月藩が誕生したのである。

秋月藩は十二代長徳《ながのり》まで続くのであるが、特に八代の長舒《ながのぶ》は秋月藩中興の祖と讃えられている。弱小藩ながら他藩に勝る数々の成果を上げたことで知られる。

黒田長舒は明和二年（一七六五）、日向高鍋藩七代藩主種茂《たねしげ》の二男として生まれ、天明五年（一七八五）二十一歳のとき秋月藩八代藩主として迎えられた。

長舒は、高鍋藩から米沢藩へ養子にいった叔父の上杉鷹山《うえすぎようざん》をはじめ、上杉謙信、秋月種実、黒田官兵衛（如水）、吉良上野介《きらこうずけのすけ》、妻方に山内一豊《やまのうちかずとよ》等多彩な血筋を持っている。

時まさに徳川十一代将軍家斉の治世、老中松平定信の寛政の改革、その後の文化・文政の江戸文化が花咲く前の頃であった。

秋月藩では、天明四年（一七八四）七代藩主黒田長堅《ながかた》が痘瘡《とうそう》に罹り、嗣子がいないまま十八歳で若死にしたので、断絶の危機を迎えた。秋月藩のこの事態に福岡藩は秋月藩廃絶を画策したが、家老の渡辺典膳《てんぜん》などの努力で藩取り潰しの危機は免れた。

長舒は、父の高鍋藩主秋月種茂の母（春姫）が秋月藩四代藩主黒田長貞の娘である。黒田家、秋月家双方の血をひき、若い頃から文武に秀で、その資質を高く評価されていたので、まさに秋月藩が跡継ぎとして渇望した人物であった。

藩主となった長舒は、渡辺典膳が計画した「国計大則」によって蓄えられた備蓄金を活用し、若さと英知で様々な業績を残した。

長舒は、米沢藩へ養子に行き、貧苦にあえいでいた米沢藩を立て直した叔父の上杉治憲（鷹山）を尊敬し、鷹山の「為せば成る為さねば成らぬなにごとも、成らぬはひとの為さぬなりけり」という言葉を胸に、諸般の振興を図り、藩主として領民への慈しみの心を終生持ち続け、世の中の人々を苦しみから救う「経世済民」を実践した。

【長舒を彩る系図】

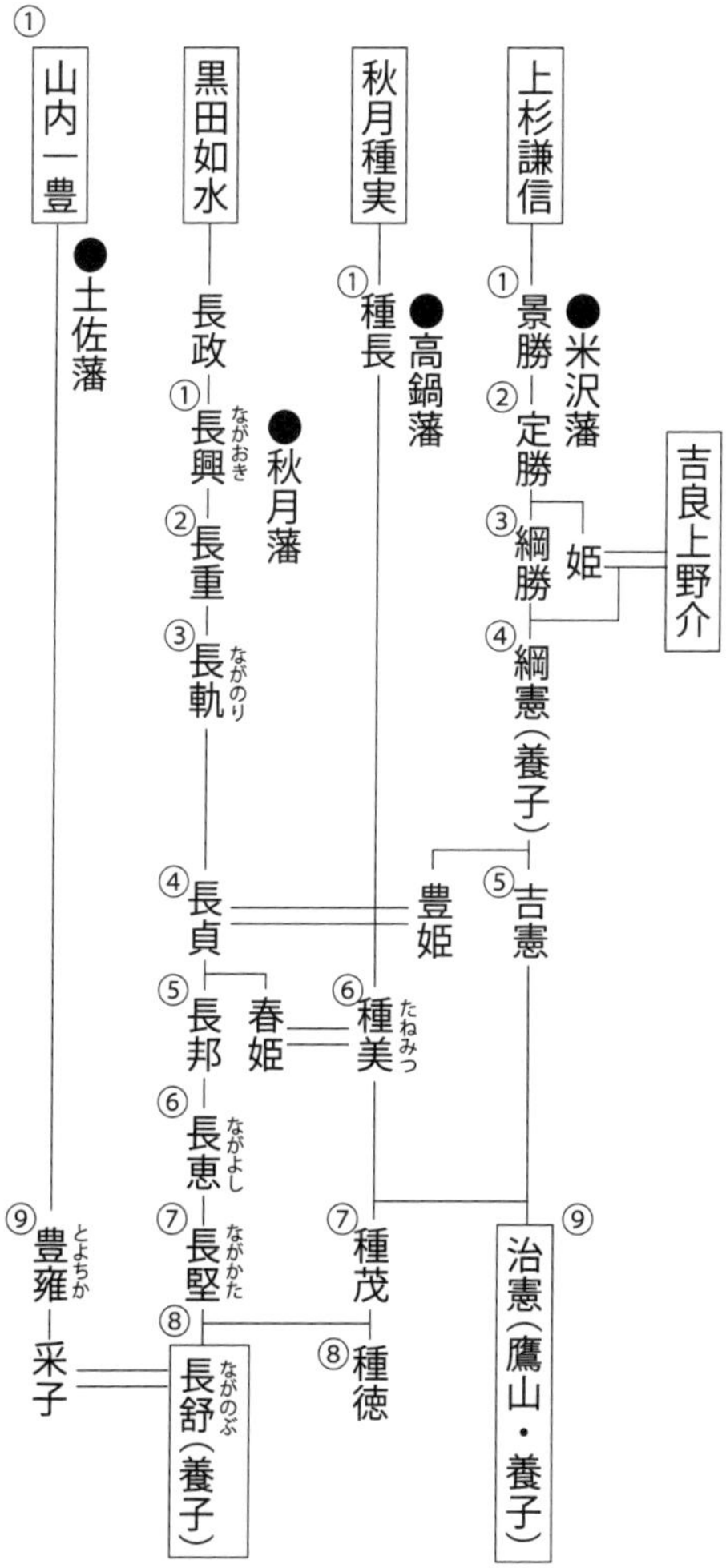

①山内一豊
●土佐藩
⑨豊雍《とよちか》
采子
黒田如水
長政
①長興《ながおき》
②長重
③長軌《ながのり》
④長貞
⑤長邦
⑥長恵《ながよし》
⑦長堅《ながかた》
⑧長舒《ながのぶ》（養子）
●秋月藩
春姫
秋月種実
①種長
●高鍋藩
豊姫
⑥種美《たねみつ》
⑦種茂
⑧種徳
上杉謙信
①景勝
●米沢藩
②定勝
③綱勝
姫
吉良上野介
④綱憲（養子）
⑤吉憲
⑨治憲（鷹山・養子）

安永四年（一七七五）七代長堅のとき、後に稽古館と呼ばれ藩校となる学問所が設けられた。長舒は、藩主となると崇藩の福岡藩から荻生徂徠派の亀井南冥《なんめい》や京から山崎派の小川才治などを招き学問を奨励した。

その後南冥に学んだ原古処《はらこしょ》を稽古館訓導（教授）に任じた。向学心の旺盛な長舒は、自ら我が子を連れて講義を受け、さらに家老や諸役人の家臣たちにも広く受講させた。また、兵学をはじめ剣術、槍術等あらゆる武芸を奨励し、練達の藩士に師範役を命じ指導に当たらせた。

こうして長舒は、稽古館を実父高鍋藩主秋月種実の明倫堂、叔父米沢藩主上杉鷹山の興譲館《こうじょうかん》に比肩する藩校となし、多くの人材を育成した。

長舒の治世下、秋月文化の中心的存在として活躍した者として、原古処、緒方春朔《しゅんさく》などがいる。

原古処は手塚家の二男として生まれたが、生来の利発さと英才ぶりを原担斎《たんさい》に見込まれ、懇願されて原家の養子になり家督を継いだ。

その後、藩の諸奉行などを歴任し、長舒の信任を得て稽古館の教授となり、秋月の文化、教育に大いに貢献し、海賀宮門《かいがあやと》、戸原卯橘《とはらうきつ》等先進的な思想を持つ若者を育てた。

長舒の学問の奨励は医学の研究発展にも寄与した。長舒は七代藩主の長堅が疱瘡に罹り十八歳で早世したので、この疱瘡を防ぐ方法を探っていた。その頃藩医の緒方春朔がこの難病と取り組み、中国の文献を基に研究を続けていることを知った。そこで長舒は春朔に協力し、遂にその免疫法が考案された。それは、痘瘡患者の瘡蓋《かさぶた》を乾燥し粉末にしたものを鼻から微量吸わせるというものであった。春朔は久留米藩の領民であったが、医者を志し長崎で勉学に励んでいるとき、長舒に認められ秋月の藩医として迎えられたのである。

春朔は、この免疫法をイギリスのジェンナーより六年も早く完成させた。この種痘法の成功は、秋月藩のみならず全国の医学の進歩に寄与した。

また、長舒は殖産興業として特産品の開発製造を奨励した。

まず秋月の名産として知られていた葛《くず》を商品化することであった。葛は、葛湯や葛根湯《かっこんとう》などとして知られ、解熱や筋肉の弛緩《しかん》の働きがあり、昔から風邪、下痢、肩こり等に重用されていた。秋月周辺の山野には、いたるところに蔓《つる》状の葛が群生しており、寒根蔓《かんねかずら》と呼ばれている。秋月本葛は、葛根を砕いて取り出した澱粉を真水と攪拌しながら沈殿させ、それを何回も何回も繰り返し純白に精製したものである。こうして歴代職人の努力によって、秋月藩の将軍家献上物となり、江戸でも高い評価を得て、秋月を代表する特産品として全国に広まった。

また、川苔《かわのり》の生産にも力を入れた。黄金川《こがねがわ》に清泉が流れ込み、その流れの中に繁茂する青緑色の苔を、宝暦十三年（一七六三）秋月の町人遠藤幸左衛門が保護栽培を始めた。長舒はこの事業を奨励し遠藤家に生産を独占的に行う権利を与えた。寿泉苔《じゅせんたい》と名付けられたこの川苔も全国で評判を呼んだ。

長舒は他に、お茶、桑、楮《こうぞ》、櫨《はぜ》、蠟燭《ろうそく》、製紙、養蚕、びん付油などを産業として奨励し、藩財政の立直しと領民の生活安定を図った。これらは年貢として納められる米の収入と匹敵した。

他に、長舒が取り組んだ一大事業に野鳥川に架かる目鏡橋《めがねばし》の建設がある。七代藩主長堅が急逝した時、福岡藩は秋月藩廃絶を画策したが、秋月藩の抵抗に会い断念せざるを得なかった。

しかしその代償として福岡藩が幕府から命じられていた長崎の警護(御番)を押し付けてきたので、代わりに務めなければならなくなった。

その頃、秋月街道に架かる木の橋は人馬の往来も激しいので損傷も著しく、洪水時にはよく流された。長崎警護に赴いた長舒は長崎の石橋を見て、同じものを野鳥川に架けたいと思った。その頃には藩財政は幾分ゆとりが出てきていたので、家臣や領民の要望も強まり長舒は架橋建設を決断した。

ところが竣工を目前にして橋は崩落し、病床にあった長舒はその完成を見ることなく文化四年(一八〇七)逝去した。享年四十三であった。それから三年後九代藩主長韶《ながつぐ》のとき、悲願の目鏡橋が野鳥川に美しいアーチ姿で現れた。華やかな渡り初めの式典に長舒の姿がなかったことに、家臣、領民は涙を誘われた。

幕末の動静

嘉永六年（一八五三）六月、米国東インド艦隊司令長官ペリーが四隻の軍艦を率いて浦賀に来航し、米国大統領の国書をもって日本に開国を要求した。一か月後の七月にはロシアのプチャーチンが長崎に来航した。

翌七年、再び浦賀に来航したペリーは武力を背景に幕府に開国を強要した。

幕府はペリーの要求に屈し、やむなく日米和親条約を結んでしまった。それを知ったイギリス、ロシア、オランダも同様な要求をしたので、幕府は仕方なく同様の条約を結ぶこととなった。ついに二百年の鎖国に終止符を打ったのである。

それらの条約は孝明天皇の勅許が得られないまま結ばれ、一方的に相手国に特権を与えるといった不平等にして屈辱的なものであった。

尊王思想を持つ武士たちはそれに怒り、倒幕と攘夷の運動が各地で起こった。

そもそも幕府のやることに勅許を得なければならぬというのは、それまでなかったことであり、ここに来て急に勅許が叫ばれるようになったのは、明らかに幕府の権威が衰えてきたことを物語っていた。幕府としては、こういう重大な問題については責任の一端を朝廷に負わせるというメリットも考えたのであるが、それは裏目に出た。朝廷は攘夷に凝り固まっていたので、幕府の要請を容れて勅許を下すようなことはしなかった。また、尊王攘夷派の朝廷への働きかけ、いわゆる「京都手入れ」がしきりに行われて、幕府にとってますます都合の悪い状態になっていた。

幕府が勅許を待たずに条約を結ぶと、攘夷派は「違勅だ、違勅だ」と鬼の首でも取ったように騒ぎたてた。もともと幕府を困らせてやろうというのだから遠慮はしない。そこで大老井伊直弼は、浪人から下級武士、公家、諸侯に至るまで、幕政を批判する勢力に対して力で立ち向かう決意を固め、投獄、大粛清を行った。いわゆる「安政の大獄」である。

幕府は安政五年（一八五八）七月五日、次のような処分を行った。幕府が行った処分だから当然将軍が行ったということになるのだが、将軍家定はこの日は臨終の床にあり、翌六日に亡くなっている。したがってこの処分は、将軍の意志とは関係なく大老の井伊直弼が強行したものである。

徳川斉昭　（前水戸藩主）　永蟄居
徳川慶篤　（水戸藩主）　差控
一橋慶喜　（一橋家主）　隠居、慎
徳川慶恕《よしくみ》　（尾張藩主）　隠居、慎
松平慶永　（越前藩主）　隠居、慎
山内豊信　（土佐藩主）　慎（後に隠居）
安島帯刀　（水戸藩家老）　切腹
橋本左内　（越前藩士）　死罪

吉田松陰　（長州藩士）　死罪
頼三樹三郎（頼山陽の子）　死罪
小林良典　（鷹司家家臣）　遠島

処分はこのほかに、切腹、死罪、遠島など百人余に及んだ。井伊はそれによって権威を示そうとしたのであった。

直弼は彦根藩主井伊直中《なおなか》の十四男である。三十歳を過ぎるまで冷や飯食いの部屋住みで、自分の居所を「埋木舎《うもれぎのや》」と名付けていた。一生花の咲くこともあるまい、という自嘲の命名である。ところが運命というものは分からないもので、兄たちが次々に養子に行ったり死んだりで、養子の口もかからなかった直弼が三十六歳で突然、日の当たる場所に躍り出た。藩主であった兄の直亮《なおあき》が嘉永三年に死去したので、直弼が彦根三十五万石の藩主となったのである。

「安政の大獄」で行った彼の残酷なやり口は、三十数年間の抑圧された部屋住みの間に形成された陰湿で執念深い性格によるもので、怨念の爆発であった。自分に反対する家格の高い諸侯や、反幕的思想を持つ攘夷派の公家に対して、痛烈な報復を断行した。直弼が特に激しい敵意を抱いたのは水戸の徳川斉昭であった。斉昭も直弼が大嫌いであった。

「安政の大獄」は、失われかかった幕府の権威を回復するために行った起死回生の手荒い大手術であったが、攘夷思想の塊であった斉昭派壊滅をめざす井伊大老の残忍な作戦でもあった。

「安政の大獄」から二年後の安政七年頃になると、水戸、薩摩の浪士による井伊大老襲撃計画が着々と進められていた。

安政七年（一八六〇）三月三日、江戸は前夜からの雪でお城も堀端も銀世界であった。午前八時頃から各大名の登城行列が通る。水戸藩士十七人に薩摩の有村次左衛門が加わった十八人の襲撃部隊の面々は、行列の道の両側に分かれ、行列を挟む形で思い思いに合羽を着たり笠をかぶったりして大名行列を見物しているふりをした。当時、桜田門付近では、大名の石高、家紋などを記した本を持って行列を見物するのが流行っていた。

やがて井伊の行列が来た。道の左右に分かれていた襲撃隊に大老の行列が挟まれた瞬間、無刀の一人が手に文を持ち直訴する形で「捧げます！」と叫んで供先に駆け寄って駕籠を止めた。それを合図に皆、笠や合羽を脱ぎ捨てると、白だすきの戦闘支度であった。一斉に抜刀して行列に斬り込んでいく。井伊の供侍たちは雪が降っていたので刀に柄《つか》袋をかけていて、とっさに抜き合わせることができなかった。

襲撃隊の黒沢忠三郎は駕籠を狙って短銃を放った。この弾丸は駕籠の中の大老の太ももから腰にかけて貫通した。駕籠かきは戦闘が始まるとすぐに逃げてしまったので、駕籠はその場に放置されたままであった。

襲撃隊は駕籠に向かって殺到する。駕籠の外から刀を突き刺すと、たしかに人体を刺したにぶい手ごたえがあった。有村が駕籠の戸をこじ開けて、まだ息のあった大老を引きずり出し、起き上がろうとするところ首を打ち落とした。首は血で染まった雪の上に、石のようにゴロンと転がった。

有村が、

「仕留めた！」

と叫んで首を高く差し上げた。

首のない大老の胴体は駕籠の脇に放置されたまま、敵も味方も雪に足をとられながら闘った。世にいう「桜田門外の変」である。


また、文久二年（一八六二）四月二十三日には、佐幕派の公卿らを襲撃するため京都伏見の船宿寺田屋に集結していた薩摩藩を中心とする倒幕派志士と、これを説得に来た薩摩藩の使者との話し合いが決裂して斬りあいとなり、倒幕派の志士有馬新七ら多数が斬殺されるという事件が起きた。いわゆる「寺田屋事件」である。

安政五年に薩摩藩主島津斉彬が死去すると、斉彬の遺命によって異母弟久光の子忠義が藩主の座についた。久光はその後見人として藩の実権を握り、自ら国父といった。

その久光が文久二年春、朝廷から幕政改革の勅命を受けて、藩兵一千人を率いて上京した。久光も熱烈な攘夷主義者である。そこでこの上京を倒幕運動と思った諸藩の志士たちは、京都に集結して久光に望みをかけた。ところが久光の攘夷主義はあくまでも封建秩序を守るためのものであり、倒幕という考えは持っていなかった。このため久光は自藩の浪士が過激な行動を起こすことを恐れ、奈良原喜八郎ら九人を寺田屋に鎮撫使として派遣した。しかし寺田屋にいた有馬新七らとの話し合いは難航

し激論となった。するといきなり鎮撫使のひとり道島五郎兵衛が、

「上意!」

と叫んで目の前にいた尊攘派幹部の田中謙介を斬りつけた。田中は額を斬られその場に倒れた。有馬は刀を抜いて道島に猛然と斬りかかった。あまりに強く斬りつけたため、有馬の刀は鍔元《つばもと》から折れた。すると有馬は道島に飛びかかって壁に押し付けた。有馬は同志に向かって、

「おいごと、刺せ、おいごと刺せ!」

と叫んだ。それを聞いた同志が、

「チェスト!」

という掛け声とともに有馬の背中から道島の体まで刀を突き通した。薩摩隼人の典型ともいうべき有馬の壮絶な最期であった。

さらに斬りあいは続き、寺田屋に集結していた尊攘派側では有馬始め六人が死亡、二人が重傷を負った。鎮撫使側でも道島が死亡、五人が重軽傷を負うという凄惨な同士討ちであった。

世にいう「寺田屋事件」は、このようにして起きたのであった。

この「寺田屋事件」で最も悲惨な運命をたどったのは田中河内介父子であった。

田中河内介は、尊王攘夷派公卿中山大納言忠能《ただやす》の長男忠愛《ただなる》、次女慶子《よしこ》の教育係であった。慶子は河内介の懇切な教育に生涯感謝し、入内して皇子祐宮《さちのみや》(後の明治天皇)を出産してからは、中山家で祐宮の教育を任せた。それは宮が宮中に移るまで四年間続いた。祐宮は河内介によくなついていた。

「寺田屋事件」に巻き込まれた田中河内介父子は、身柄を薩摩で預かると騙され薩摩の船に乗せられて、途中の海上で惨殺されたのである。船具の縄で両手を後手に縛り上げられ、足には木の足かせをかけられたまま、わき腹を刀でえぐられた二人の死体が小豆島の浜辺に打ち上げられた。衣服に名が記されていてこの陰惨な事件が明るみとなった。

維新の戦乱が鎮まった明治二年（一八六九）六月、宮中で維新の功臣たちを招き宴が催された。招かれたのは三条実美、岩倉具視をはじめ、大久保利通、大山巌、木戸孝允、大村益次郎、後藤象二郎、板垣退助、大隈重信らで、明治天皇はご機嫌うるわしく酒杯を傾けておられた。そのうちに天皇は過ぎし日のことを思い浮かべながら、

「本日は皆の者、喜んで歓を尽くしているようであるが、それにつけても維新前に世を去った者は気の毒である。これらの先人に対して、厚く霊を祀ることを諸君らは決して忘れてはならぬぞ」

と、しみじみと仰せられた。

そして天皇は一同を見渡して、

「朕が幼少の頃、中山家諸大夫の河内介に大層世話になった。彼は寺田屋騒動後、薩摩へ下ったと聞いているが、その後の消息を知る者はいないか」

と尋ねられた。

満座は息を呑み宴席は急に静まり返った。誰一人として勇気を出し答えようとする者はいない。天皇の気色が次第に険しく変わっていった。それでも答える者はいない。天皇は、自分が幼い頃の田中

河内介に対する懐かしい記憶がより鮮明に蘇ってきた。

「よもや皆が知らぬことはあるまい。忘れたはずもなかろう。かつての同志に対して、そんなに冷ややかでよいのか」

事件に関係した大久保利通ら薩摩派の者は目を伏せたままだった。

その時あまりの沈黙の重圧に耐えかね、末座にいた豊後竹田の小河一敏が立ち上がり、

「その儀につき申し上げます。田中河内介父子は大坂から薩摩に下る船中において警護の士より刺殺され、死体は海中に投棄されました。その指示をしたのは、そこにいる大久保卿でございます」

と大久保を指さした。その言葉に大久保は真っ青になり震え上がった。

天皇はますます暗い険しい顔つきとなり、

「それは誠に哀れなことである。いかなる事情があるにせよ、国のために尽くした人物を殺害することは無惨極まる」

と深く嘆いて退席された。

「寺田屋事件」の時、寺田屋の二階にいた秋月藩士の海賀宮門も薩摩の船に乗せられ薩摩に向かった。

幕末の秋月藩

幕末の攘夷運動は、京や江戸はもちろん全国で激しさを増した。

しかし、辺境の秋月藩では、攘夷論も尊皇論も広がらなかった。長崎警護で西洋との交流の機会がありながら、新しい西洋文化を受け入れず、古法に固執し変革を嫌う藩風により、新しい時代の波に乗れなかった。


そんな中、一人の若者が秋月に尊皇攘夷論をもたらした。海賀宮門《かいがあやと》という青年であった。

宮門は天保五年（一八三四）、秋月藩無足、楊心流柔術師範海賀藤蔵の嫡男として生まれた。嘉永四年（一八五一）十八歳のとき久留米藩明善堂の池尻茂左衛門に学んだ。儒学者の池尻は攘夷論者で、この池尻の同志が久留米の水天宮神官で尊王攘夷派のリーダー真木和泉であった。宮門はこの真木の激烈な尊王攘夷思想の洗礼を受けた。

その後、真木らの紹介で豊後、日向、薩摩等を訪れ、尊王攘夷派の豊後の小河一敏、日向慈眼寺の僧胤康《いんこう》、薩摩の井牟田尚平、是枝柳右衛門等と時勢を語った。遊歴を重ね安政六年（一八五九）の春、秋月にもどった宮門はこの尊皇攘夷論を説くが、広がりは戸原卯橘《うきつ》、宮崎車之助、時枝作内、坂田半蔵ぐらいまでであった。それどころか攘夷や開国など変革を嫌う秋月藩では藩政に異を唱える者として、文久元年（一八六一）、宮門は屏《へい》村の宇土浦《うとんうら》に幽閉された。屏村は秋月から二里半ばかり、険しい八丁峠の麓の僻地にあった。そこに弟の直常が監視の目をかいくぐってときおり訪れ、他藩の同志との連絡役を引き受けてくれた。

文久二年三月十日過ぎ、下関から二通の便りがあった。一通は小河一敏、もう一通は平野二郎からであった。

そこには驚くべきことが書かれていた。四月、薩摩の島津久光が兵一千名を率いて上京、併せて同志も上京し、天皇を擁して倒幕の旗を掲げるというのである。もちろんこれは小河や平野の勝手な妄想、希望的観測であったが、幽閉されていた宮門にはその間の詳しい事情は分からない。しかし宮門は決断した。

三月二十四日早朝、父、母、弟、妹そして藩庁に「国家の危急が迫っており、それがしが秋月藩に代わって、幽閉中なるもわが身を捨てて藩のために身をなげうつことにした」と書状をしたためた。そしてその夜に宇土浦を脱走し、下関から船便で大坂に向かい四月五日に薩摩藩邸に入った。

四月十六日に入京した久光は朝廷から浪士鎮撫の命を受けた。このことが浪士に伝わると彼らは悲憤慷慨した。薩摩の過激攘夷派と真木和泉や田中河内介らが関白九条尚忠と京都所司代酒井忠義を暗殺し、その首を久光に奉じることで窮地に陥らせ、挙兵に追い込もうと謀議し、薩摩藩の常宿伏見の寺田屋に集結して決行しようとしたのである。

先に述べた「寺田屋事件」のきっかけである。

事件後、二階にいたほかの薩摩藩士や他藩の浪士は投降した。謀議に加わっていた真木和泉ら久留米藩の浪士十人は久留米藩に引き渡され、その他の者もそれぞれの藩に引き渡された。

最後に引き取り手のない浪士は薩摩に引き取ると申し渡された。田中河内介、子の瑳磨介、田中の甥の千葉幾太郎、中村主計がそうであった。秋月藩の海賀宮門は田中河内介に同行すると言って秋月藩への引き渡しを拒み、浪人扱いとなった。

薩摩の浪士引き取りは、処刑を意味していたが彼らは知る由もなかった。

五月一日、一行は二手に分かれ、第一船に田中河内介、子の瑳磨介《さまのすけ》と薩摩藩士、第二船には海賀宮門、千葉幾太郎、中村主計、薩摩藩士、御送役と警護の足軽が分乗し薩摩に向かった。

第一船では明石沖に差し掛かり日が落ちた頃、河内介親子が甲板に連れ出され、二人は帆柱に縛られ処刑された。死体はそのまま海に放りこまれた。

第二船はそのまま走って五月四日、日向細島港の入り口の高島で停泊した。

翌日、浜に儀貝を取りにきた村の娘から、三人の武家らしい男が死んでいると届け出があった。細島は天領で、富高陣屋から役人が駆けつけ検視を行った。一人は死体のそばにあった下帯に書かれた「黒田家臣海賀直求」という名から宮門と分かった。傷は頭、首、胸、腹にあり、背中に三寸から一尺ほどの切疵が四ヶ所あった。状況から数人からなぶり殺しにされたことが窺えた。ほかの二人の死体も同様の切疵《きりきず》を受け、むごたらしい状況であった。

三人とも丸腰で右手や左手を縄で縛られ、海賀と中村は褌《ふんどし》も脱がされていて、罪人に対する処刑のやり方であった。六年後の慶応四年（一八六八）薩摩藩が天領であった富高陣屋を占拠し、三人の検視書類を没収しに来た。しかし宮門の検視書は陣屋から没収できず、外部に漏れてしまっていた。それにより、宮門は同志と思った薩摩藩士から処刑されたことが分かった。

戸原卯橘もまた、信じた尊皇攘夷思想を貫き通す性格と、生き方の「美学」を追求する性格により、無惨な最期を遂げざるを得なかった青年であった。

その性格の根底には、美しい秋月の自然を体全体で受けとめて、強烈な郷土愛・祖国愛を育んだことにあった。

卯橘は天保六年（一八三五）秋月藩納戸役藩医戸原一伸の三男に生まれた。嘉永三年（一八五〇）三月、十六歳の卯橘は肥後熊本の木下業弘《なりひろ》の門下生となり漢学を修めた。

一年の遊学を終え秋月にもどった卯橘は稽古館に復学し、頼山陽の「日本外史」を学ぶ読書会で尊皇攘夷を信奉する海賀宮門と知り合い影響を受けた。

嘉永六年（一八五三）、ペリーが浦賀に現れた年、卯橘は親の勧めで医学修行のため福岡赤坂の医師田中元立のもとへ行ったが、ここで筑前勤皇党の月形洗蔵に接して、強烈な尊皇攘夷思想に洗脳され、その思想に傾倒していった。

その後、卯橘は長崎への旅に出た。辺境の地から来た卯橘にとって、異国人が町を行き交っている様子に衝撃を受けた。

そして、このように異国人の跋扈《ばっこ》を神州のわが国で許しているのは、幕府が国を開いたためで、日本を立て直すためには天皇のもと民心を一致させ、まず幕府を討ち、次いで異国人を追い払い鎖国にもどさねばならぬと思った。

焦る卯橘は、藩に対して尊皇攘夷のための建言を行った。しかし、幕府を討って天皇の世にという意見が、当時の秋月藩では受け入れられる筈がなかった。

藩の要職者たちの頭にあるのは、お家の安泰が第一で、藩の立場を危うくするような暴挙は許されるものではなかった。まして、秋月藩は事の大小にかかわらず崇藩福岡藩の動静を注視していなければならなかった。その頃、福岡藩では一時盛んであった黒田播磨《はりま》、加藤司書らの尊皇攘夷派の勢力が衰え、佐幕派の勢力が勢いを増し藩政を覆していたので、秋月藩も当然その方針を取らざるを得なかった。そして、卯橘は文久二年（一八六二）九月四日、「藩政を乱す痴《し》れ者」ということでついに幽閉された。

当時、京や江戸における尊皇攘夷派の勢力はすさまじく、幕府に期限を切って攘夷の実行を迫り、期限が来ると外国船を砲撃して気勢を上げ幕府を窮地に陥れた。また天皇は、攘夷祈願のため大和行幸を行い一挙に攘夷の宣言へと事を運び、倒幕運動に発展させようとする計画が進められていた。地方の攘夷思想の志士は、遅れてはならじと京へ京へと急いだ。

ところが文久三年八月十八日、公武合体派による宮中クーデターが起きた。その頃京都を制圧しているかにみえた長州藩を中心とする尊皇攘夷派勢力に対し、公武合体派は薩摩藩と会津藩の武力をもって巻き返しを図り、尊皇攘夷派を宮中から一掃し政局の主導権を奪取したのである。その三か月前尊攘派の公卿姉小路公知《きんとも》が暗殺されたが、その下手人が薩摩藩士であったところから、薩摩は宮門の護衛を解かれ藩士の出入りを禁じられた。窮地に追い込まれた薩摩藩は会津に接近したのであった。

政治は急変し、尊攘急進派の公卿は宮中を追われた。三条実美《さねとみ》、三条季知《すえとも》ら七卿は長州兵に守られ、京都を脱出し長州に向かった。いわゆる「八月十八日の政変」、つまり「七卿都落ち」が起きたのであった。


幽閉中に「八月十八日の変」を知った卯橘は、まさに皇国の危急興亡の時である、国恩に報いるためとして脱藩を決意した。卯橘がこのとき最も悔しかったのは藩の動向であった。このような皇国の危急に際し藩主自ら先頭に立ち、藩を挙げて尊皇攘夷に向け一丸となれば、志士たちは脱藩の苦しみを味わうことなく、存分に胸を張って忠節を尽くすことができるのにと思ったのであった。卯橘は密かに身辺を整理し、父母と弟に文を書いた。

そして、八月二十六日の夜半に脱藩した。下関を経て三田尻へ着いた卯橘は、三田尻の招賢閣に起居していた旧知の中村円太の斡旋でこの招賢閣で起居することとなった。招賢閣には、この時すでに「八月十八日の政変」によって都落ちしてきた三条実美ら七卿が滞在していた。卯橘は一日も早くこれらの公卿への拝謁に浴したかったが、身分の差からそう簡単に願いが叶えられるものではなかった。円太らの周旋でようやく望みが叶えられたのは九月十九日のことであった。今回の政変で大きな痛手を蒙ったのは長州藩で、藩内には暗雲が立ち込めていた。

それにしても志士たちの最も気になることは、天皇の大和行幸の計画に伴い、いち早く倒幕の大旗を翻した天誅組のその後の動静であった。

また、この義挙に呼応して但馬でも同じことが進められていた。その首謀者は勤皇僧本多素行、大庄屋中島太郎兵衛らであった。北垣晋太郎、平野国臣らも準備工作のため、但馬と長州との間を忙しそうに往来していた。但馬の農民を兵に組織するという計画であった。

十月一日、七卿の一人沢宣嘉《のぶよし》は戸原卯橘と北垣晋太郎を密かに呼び、三田尻脱出の用意を命じた。翌二日、沢をはじめ諸藩の浪士、奇兵隊の隊士二十名がかねて用意していた小船二隻に分乗して、周防灘《すおう》に船出した。卯橘は総帥の沢宣嘉、平野国臣、北垣晋太郎、藤四郎らとともに第一船に乗船、第二船には南八郎ら十一名が乗船した。


一行が出発した十月二日、三田尻に大和天誅組の破陣の悲報が届いた。しかし出船後のことで、なす術もなかった。それとも知らない一行は大和の情勢を案じながら、何らかの情報を得たいと姫路に着くと平野国臣、藤四郎の二人を風評集めに市中を駆け廻らせた。その風評により大和義挙は九月二十四日破陣となり、謀将吉村虎太郎は敵の乱射の弾で壮烈な最期を遂げたことや、駕籠に乗って指揮を執っていた盲目の総裁松本奎常《けいじょう》が山中で賊軍に銃殺されたことなどを掴んだ。天誅組の失敗を聞き、平野は気をそがれ自重論を唱えたが、卯橘は、

「屈強の勇士三百人、農兵数千人、また鉄砲三千挺を備え、弾薬も充分。兵糧食も悉く《ことごと》用意され、しかも兵学を極めた有志も但馬に埋伏しており、成功疑いなし」

と決行を主張した。

総帥は沢宣嘉、側役田岡俊三郎、総督平野国臣、卯橘は議衆と決まった。農兵が続々と集まり、中には農民のみならず腕に自信のある武芸者が門人を引き連れて参加するなど、その気勢はいやが上にも盛り上がった。これらの農兵たちは浪士に統率され、丹波口、播州口、但馬口を守り、非常を告げる寺々の鐘の響きは三但の山野を圧し篝火《かがりび》は天を焦がした。それを見た幕府は、「すわ一揆」と出石《いずし》、姫路の両藩に討伐に向かわせた。

ところがその夜、総帥沢宣嘉は巡視と称して従者四人を連れて本陣を抜け出した。ある所まで来ると、「すでに大和陥落の上は応援も詮無く、故に脱出する」と言って逃亡してしまった。総督の平野国臣も逃亡した。

翌日、総大将をはじめ幹部が居ないことが分かり、騙されたことを知った農兵たちは怒りに燃え、残った幹部らを襲った。農兵に囲まれた幹部らは逃げ場を失った。農兵が放つ銃弾に倒れる者、自刃する者、刺し違える者と修羅場となった。

追い詰められた卯橘は、「今は、これまで!」と太刀逆手に腹を一文字に掻っ切り、農兵に向かって「武士の最期を見よ!」と大喝《だいかつ》すると刀を銜《くわ》えて岩上から飛び降りた。刀は咽喉を貫いており卯橘の壮烈な最期であった。

臼井亘理の殉難

文久二年八月、大原勅使の周旋によって天皇の妹和宮の将軍家茂への降嫁が決まった。それにより公武合体の方針も思いのほかうまくいったので、同月二十一日、護衛として同行していた島津久光一行は意気揚々と江戸から京に向かっていた。一行が武州生麦村（横浜市鶴見区）にさしかかったとき、イギリス人リチャードソンら数人が騎馬で行列の先頭を横切った。その無礼に怒った供頭の奈良原喜左衛門らがリチャードソンを斬殺し、他の二人を傷つけた。いわゆる「生麦事件」である。

この「生麦事件」をきっかけに起こったイギリス艦隊の鹿児島砲撃と、外国船砲撃を行った長州藩への四か国連合艦隊の馬関（下関）報復攻撃によって、外国の兵器の優秀さを知った薩長両藩は、攘夷論の愚かしさに気づいた。外国勢力との宥和《ゆうわ》政策に転じた両藩は同盟を結んだ。

無力化した幕府は将軍徳川慶喜が大政奉還を行い、朝廷は王政復古の大号令を発した。

秋月藩では、この情勢の変化にどう対処すべきか苦慮していたところ、朝廷から二条城警衛の命を受けた。そこで藩主黒田長徳《ながのり》は、慶応四年二月に家老吉田右近に五小隊二百八十余名を率いさせて京に派遣するとともに、臼井亘理《わたり》を執政心得首座公用人として上京させた。

それまで臼井は、藩の安泰をはかるには、あくまで幕府の存続を願うべきであると考え、陽明学の師である中島衡平《こうへい》とともに公武合体論を支持し、藩内では佐幕派とされていた。

亘理は、新しい時代の流れに対応するため西洋流兵術の採用を強く藩主に献言し、長崎から西洋流兵術師村次鉄之進を招いて西洋調練を実施させた。

西洋式訓練は走る訓練から始まった。現代人には不思議に思われることであろうが、当時の侍は右手と右足、左手と左足を同時に出して歩いたため走れなかったからである。次に隊列を組んで歩調を合わせて行進する訓練、さらには腹ばいになって手と足で進む匍匐《ほふく》前進等の訓練があった。

これについて、藩士の間から強い反発の声があがった。藩の士風は、武士道に則した剣、槍術の修練にあり、いまわしい西洋の兵術の採用は藩の伝統を踏みにじるもので、臼井が強引に訓練を実行したのは、藩主に巧みに取り入ろうとしたものだと批判した。

これらの藩士たちの背後にいたのは家老の吉田悟助で、先進的な動きをしめす臼井に強い嫌悪感をいだいていた。


執政心得首座公用人として京に入った臼井は、すでに幕府が崩壊寸前になっているのを感じた。前月には鳥羽伏見の戦いがあって、薩摩、長州藩を主力とした軍勢が幕府軍を敗走させて、将軍慶喜は軍艦で江戸に逃れた。朝廷はすぐに慶喜追討令を発した。

幕府の存続を願っていた亘理ではあったが、朝廷が天下を支配するのはすでに確定しているのを知り、藩の安泰をはかるには朝廷側につくことだと判断した。

臼井は、薩摩など倒幕をおし進めている有力藩の藩士や、勤皇家として知られる公卿たちに積極的に接触し、朝廷の中心人物である三条実美《さねとみ》のもとにも出入りして、信頼を得た。亘理は、秋月藩庁へ朝廷の意に従って動くべきだと文を書いた。

このような亘理の態度は、秋月の反臼井派の面々を激昂させた。在藩中は佐幕論を強く主張していたのに、上京してたちまち勤皇論者に変節したのは、時流に媚《こ》びた許しがたい態度だと激しく非難した。それに同調する若い藩士は多く、臼井は彼らの憤りの的になった。

朝廷軍は有栖川宮熾仁《ありすがわみやたるひと》親王を東征大総督として進発し、江戸に迫って江戸城総攻撃を下命した。ところが、山岡鉄舟の周旋により参謀西郷隆盛と幕府陸軍総裁勝安房（海舟）の間で交渉がまとまり、四月十一日、江戸城が無血開城された。

その間、二十一歳の秋月藩主黒田長徳は、朝命を受けて上京することになり、四月六日家臣をしたがえて秋月を出立した。

秋月街道を進んだ長徳一行は、黒崎の定宿に入った。秋月藩では黒崎の船着場を利用していて、そこには藩船四艘がつながれていた。

黒崎に逗留中、長徳の前に列座した随行の家臣たちから臼井批判の声があがった。臼井が二か月前、上京の途中馬関（下関）の宿で佐幕論を強く主張し、藩内の勤皇派を非難したことが披露された。

そういうこともあり、長徳は京でどのように朝廷側と接すべきか判断に苦慮し、秋月に急使を立てて家老田代四郎右衛門を招き家臣団に加えた。

一行は藩船に乗船し、四月二十九日大坂安治《あじ》川河口に着いた。船着場には京から臼井が出迎えていて、長徳に従って中島の藩邸に入った。

臼井は、京を中心とした情勢を説明し、朝廷軍が四月十一日に江戸城を接収して将軍慶喜が水戸に退いたので、朝廷軍が全国を支配するのは時間の問題だと述べた。藩としては朝廷に従い誠意をしめすのが是非に必要だと説き、その布石は十分に打っておりますと説明した。

長徳は何度もうなずき、公用人としての臼井の京での努力に慰労の言葉を口にした。亘理は満足し、藩邸を辞した。


二日後の閏四月二日、長徳からの呼び出しで亘理は藩邸に赴いた。

座敷には家臣たちが集まっていたが、亘理は、彼らの自分に向ける雰囲気が一昨日と違って冷たいのを感じ嫌な気がした。

やがて座敷に家老の田代四郎右衛門が入ってきて、臼井に、

「その方のお勤めは終わった。急ぎ帰藩して御沙汰を待つように」と言った。

思いがけぬ言葉に、亘理は暗然となった。藩主の出京に備え、勤皇派のなかで重きをなしている公卿、薩摩藩士、崇藩である福岡藩の要職にある藩士たちと交流を深め、秋月藩の朝廷との結びつきを確かなものとした。亘理は今後も公用人として、大坂から入京する藩主の手足となって働こうと思っていたが、田代の一言でそれがむなしいものになったことを悟った。もちろん田代の言葉は君命によるもので、「沙汰を待て」とは長徳が自分に不信感をいだき、相応の処置を下すことを意味していた。

亘理は釈然とせず怒りをおぼえたが、君命には従わざるを得ず、
「京にもどりまして旅装をととのえ帰藩いたします」
と、手をついて言って退出した。

臼井が帰藩を命じられたことは、たちまち亘理と親しい京の勤皇派の者たちに伝わり、彼らは亘理を食事に誘ったり宿舎にやって来たりして、あくまで京に留まるべきだと強く主張した。彼らは、臼井が秋月藩と朝廷の橋渡しに重要な役目を持っているだけでなく、三条実美とともに朝廷の中心人物である東久世通禧《みちとみ》の信頼も厚く、朝廷に仕えるのにふさわしい人物と考えていた。

在京の親しい秋月藩士たちは、臼井が京にあって朝廷に忠誠をしめすことが藩にとって利があるだけでなく、朝廷にとっても好ましいことだと強調した。さらに崇藩である福岡藩では、執政の立花左衛門が臼井帰藩の命令を撤回させようとする動きがあった。

これに対して、臼井は厚意を謝しながらも、君命にそむくことはできないという言葉を繰り返した。

薩摩藩士葛城彦一は病気で臥していたが、書簡を臼井のもとに送り、そこには臼井が朝廷に仕えることを参与の大久保利通にはかり、大久保の内諾を得ているので至急会いたいと書いてあった。臼井は、すでに帰藩が決定していると返書を送り、会うことはしなかった。

この書簡の往来は、藩主長徳とともに入京していた家臣たちの知るところとなり、臼井が藩の密事を葛城にもらしたと疑い、それを長徳に伝えるとともに飛脚急便をたてて秋月にも知らせた。

親しい人たちと会い続けて残務処理をしていた臼井は、「急ぎ帰藩せよ」という命令を受けながら京に一か月とどまったため、在京の秋月藩士たちの反感をつのらせていた。

亘理は五月五日、従者三人を伴って京を離れ大坂に向かい、七日に安治川河口から黒崎へ向かう船に乗った。梅雨の季節に入っていて連日のように雨が降り、ほとんど風がなく船は風待ちを繰り返して船脚は遅かった。

亘理は、京を出立する前、秋月に干城隊《かんじょうたい》という組織が結成されたことを耳にしていた。隊の総督は家老の吉田悟助で、隊員連署の請願書が京にいる長徳のもとに提出された。趣旨は、藩のために身命を賭して尽力するというもので、基本は古くからの武士道を守ることにあり、先祖に恥じぬ行動を一致団結して果たすと誓っていた。

隊員は四十数名。ほとんどが二十歳以下の若者で、中には十四、五歳の少年もいた。家老の吉田は「若いのに奇特の至り」と賞賛していた。

臼井が上京前に中島衡平とともに公武合体論を唱えていた頃、隊員たちは勤皇論を唱え臼井、中島と激しく対立していた。そこに、京からの飛脚便によって、臼井が公武合体派から勤皇派に鞍替えしたとの知らせが入り、京の情勢変化も知らない隊員たちは、「何という軽薄さ！　秋月の恥だ！　天誅だ！」と激しく騒いだ。

隊員たちは、先代藩主、長義の隠居所で空き家となっていた御殿を屯所としていた。

臼井と親しい秋月の藩士たちが京に留まるよう強く言ったのは、過激な干城隊が何をしでかすか分からないので危険だと思ったからであった。しかし亘理は、在京中に三条実美らの信任を得るなどして、今では秋月の勤皇派と同じ志を持っているので分かり合えると考え、不安を抱くことはなかった。

それよりも、亘理が不安で憂鬱であったのは、「帰藩して沙汰を待て」という君命であった。藩主の機嫌をそこねた原因が何であるか思いあたらなかったからである。

船がようやく黒崎に着き、五月二十二日、亘理一行は竹の皮で編んだ笠をかぶり蓑を身に着け雨の中秋月を目指した。猪膝《いのひざ》宿の旅籠で一泊し、翌日も雨であったが彼らは秋月へ急いだ。大隈宿を過ぎ千手《せんず》宿の茶屋で昼食をとった頃から雨はいくぶん小降りになってきた。

しばらく行くと八丁峠の山道に入り、一行は曲がりくねった坂道を荒い息を吐きながら進んだ。山道の両側に樹林が茂っているところは霧がよどんでいたが、林が切れると霧が流れた。すると左手に懐かしい古処山が見えた。さらに進むと峠を越えたのか道は下りになった。そして前方に秋月の城下が見えてきた。

「やっぱり秋月はいいなー」

と従者の一人が万感の思いを込めて言った。亘理も全くその通りだと思った。

城下に入った一行は、藩士の家がつづく川沿いの道を進み、小川にかかった橋のたもとから左に曲がった。左手に稽古館があり、さらに右に曲がると北中小路の臼井の屋敷についた。土塀に囲まれた屋敷である。

あたりは薄暗くなりはじめていて、門を入った従者が小走りに玄関の前に行って屋敷の奥に声をかけると、それを待っていたらしく妻の清につづいて父の儀左衛門、母の冬たちが出てきて亘理を迎えた。亘理は下男が持ってきた桶の水で足を洗い、玄関から家に入った。

着替えを済ませて座敷に入った亘理は、机の前に正座した。筆を取り、家老の箕浦主殿、吉田悟助あてに帰藩の届出書を書き、末尾につつしんで御沙汰を待つ旨を書き添え、それを家僕に渡して届けるよう命じた。

臼井の帰宅の報せを受けた親戚の者や親しい藩士たちがつぎつぎとやって来て、座敷は祝宴会場となった。

亘理は、関東へ向け進発した朝廷軍が江戸城を接収し、さらに有栖川宮熾仁親王が東征大総督として東北地方に軍を進める情勢にあることを説明し、それにともなうあわただしい京の動きを語った。宴席に臨んでいる人たちは、亘理の口からもれる言葉に耳を傾け、亘理が三条実美ら高貴な公卿としばしば接触し、各藩の有力藩士とも知己になっているということに感嘆の声をあげた。

宴は賑わい、さかんに酒が酌み交わされて亘理もしたたかに酔った。

やがて宴はお開きになり、客たちは連れ立って帰っていった。亘理はゆっくりと奥座敷の寝所に行き、ふとんに身を横たえた。やがて後片付けをすませた清が、三歳になる長女のつゆをともなって寝所に入ってきた。軒には雨の音がしきりにしていたが、亘理は旅の疲れと酒の酔いですぐに熟睡した。

その夜、干城隊員が屯所としていた南御殿の動きは慌ただしく、深夜に隊員たちが列を組んで出て、裏手の八幡神社の社殿の前に整列した。隊長の吉田万之助が彼らの前に立ち、臼井、中島に対する斬《ざん》奸状《かんじょう》を読み上げ、詳細な襲撃方法を指示した。

臼井家を襲う者は二十四名、中島家に向かう者は十一名で、その中から斬り役が選ばれた。

暁七ツ（午前四時）すぎ彼らは出発した。雨はやむ気配はなく、彼らは竹の皮で作った笠を頭に着けていた。

臼井家に向かった彼らは屋敷の門の前で足をとめ、一人が手にしてきた梯子《はしご》を土塀にかけて登り、内側にひらりと飛び降りた。その男は門の閂《かんぬき》をそっと抜き、門を静かに少し開けた。そこから五人の男たちが屋敷内に入り、門を開けた男と他の者たちは屋敷の周りで見張りをしていた。

五人の男たちは家の裏手にまわり、抜刀して南東の隅にある奥座敷に忍び込んだ。淡い行灯《あんどん》の灯に、寝ている亘理の顔がかすかに見えた。

男の一人が刀を振り上げて亘理の首を斬ろうと振り下ろしたが、外れて肩から胸に当たった。亘理が「ウウッ！」と言って立ち上がろうとしたところを、男はさらに刀を振り下ろし亘理の首を斬り落とした。

その物音に目を覚ました清は、夫の頭と体が切り離され辺りが血の海となっているのを見て、一瞬、何が起きたのか分からなかった。状況を理解できた清は半狂乱となり、刀を手にした男にしがみつき手首に噛みついた。

その男は、清を蹴り倒し後ろから肩と背中を斬りつけた。そして清をもう一度蹴り、仰向けになった清の顔面、頭、腹部、腰と容赦なく刀を何度もたたきつけ振り回した。その時、部屋の隅に逃げていた長女のつゆも傷ついた。

男たちは互いに顔を見合わせうなずき、庭に降りて門の方へ小走りで去った。

屋敷内で最初に異変に気づいたのは下女のなかであった。異様な物音とあわただしい足音に賊が入ったと思い、亘理の父儀左衛門の寝所に行ってそのことを告げた。

儀左衛門は提灯《ちょうちん》を灯し、脇差を腰にして戸外に出た。門が少し開いていて、門の外側に数人の人影が動いているのを見て、門を閉じようとしたとき提灯が切り落とされた。儀左衛門は驚き物陰に隠れて息を殺した。男たちはそのまま去っていった。

賊が忍び込んだのに亘理が出てこず、家の中が静かなのを不思議に思った儀左衛門は家に入り廊下を進み奥座敷を覗いた。

そのとたん儀左衛門は声も出ず立ちすくんだ。激しく乱れたふとんが血におおわれ、その上に亘理と清が倒れ、大きく開いた傷口から血が流れ出ていて、畳にも壁にも血が飛び散っていた。部屋の隅には傷ついたつゆが泣きもせず置物のように虚脱して座っていた。

異様な気配に気づいた下男たちが起きてきて、座敷の悲惨な情景に立ちつくし、腰を抜かす者もいた。

儀左衛門は、亘理の首がないことに気づき下男たちに震えた声で首を探すように言った。別の下男たちには親戚に重大事が起きたことを急ぎ報せるよう命じた。彼らは急ぎ出かけていったがその足取りは弱々しかった。

座敷の入り口に亘理の長男、十一歳の六郎が立って、じっと室内を見つめているのに気づいた儀左衛門は、室内が見えないように前に立ち六郎の体を強く抱きしめた。

やがて、渡辺家の養子になっている亘理の弟助太夫が駆けつけ、次いで吉田新左衛門ら親戚の者たちが息を切らして奥座敷に入ってきた。彼らは、むごたらしい亘理夫婦の姿に顔色を失った。

吉田らは下男たちとともに屋敷の内外を回って首を探したが、持ち去られたのか見つけることが出来なかった。吉田がその旨を儀左衛門や助太夫に告げているとき、下男たちが賊の遺留品と思われる手槍一筋と竹の皮でつくられた笠二枚を拾ってきた。笠には名前が記されていて、それは干城隊の若い隊員の名であった。

その傘で儀左衛門たちは、かねて亘理に強い反感をいだいていた干城隊の連中が亘理を襲ったのに違いないと思った。亘理のみならず妻の清をも惨殺したことは、神仏の恐れをも知らぬ鬼畜にも劣る所業で、とても許せない行為だと慄然とした。

藩内では時として激しい意見の対立や権力争いが起きて険悪な雰囲気になることもあったが、それによって人を殺害するようなことはなかった。亘理の死はまさに暗殺で、夜陰に乗じて集団で屋敷を襲い亘理夫婦を殺害した行為は、周到な計画によるものであることをしめしていた。手槍と笠を残したのは、人を斬るという経験がないため動転していたからに違いなかった。

家老に次ぐ中老の臼井亘理が妻とともに斬殺されたことは、藩にとって前例のない重大事件であった。亘理は刀を手にした気配がなく熟睡中に殺害されたのである。いわゆる寝首を掻かれたもので、そのような殺害方法は武士にとっては恥ずかしい卑劣極まりない行為であった。

渡辺助太夫は親戚の人たちと話し合い、とりあえず藩庁に届けなければならぬということになり届出書をまとめた。


——昨夕、私たちの親族である臼井亘理が京より帰着しましたので、近親者が慰労の酒宴を催し、夜も更けたので散会しました。亘理一家は寝床につきましたが、暁七ツ半（午前五時）頃、何者でありましょうか数人の者が押し入って、亘理夫婦を斬殺し且つ亘理の首を持ち去りました。親戚の者たちが駆けつけ調べましたところ、干城隊員の名のある竹皮の笠二つと手槍一筋が見つかりましたので彼らが落としていったものと思われます。以上、お届けします。——


届出書には、吉田新左衛門、渡辺助太夫が連署した。

上京している藩主黒田長徳の留守をあずかる最高責任者は家老の吉田悟助であるので、臼井の屋敷に駆けつけていた親戚の者の中から吉田新左衛門、渡辺助太夫と山田久兵衛、小林伝太夫、高橋次郎兵衛、近藤徳左衛門が、その届出書を吉田悟助の屋敷に届けることになった。

雨はあがっていて朝の薄日がさしていた。彼らは連れ立って秋月藩御館に近い吉田の広大な屋敷へ行った。

彼らは座敷に通され、しばらく待っていると吉田悟助が姿を現したので一同平伏した。渡辺助太夫が変事のことを詳細に述べ、進み出て届出書を差し出した。

吉田悟助はそれを一読すると畳の上に置き、渡辺助太夫たちに視線を向けた。不快そうな表情が読み取れた。

吉田悟助が口を開き、きつい語気で語りだした。

「臼井亘理は、才を誇示し他の意見を聞くことなく我意を通し、そのため殿様のおとがめを受け京から帰藩するよう命じられた。すみやかに帰藩すべきところ、他藩の者に藩の密事をもらすなどして京に延々ととどまった。臼井は私欲を専らにして藩を思う心は薄かった。そのような卑劣な臼井に憤りをいだいた干城隊員が天誅を下そうとしたのが昨夜の出来事である。臼井が死を遂げたのは、つまるところ自業自得である」

吉田悟助は声を荒げて言った。さらに、

「首級であるが、それは隊士が屯所に持ち帰り、庭に捨てているとのことである。拾って持ち帰り棺におさめるがよい」

吉田悟助は口早に言うと立ち上がり座敷から出ていった。

渡辺助太夫たちは座ったまま動けなかった。吉田悟助は干城隊の総督として亘理暗殺を事前に承知し指揮したことが分かった。それは吉田の亘理にたいする憎悪であり、己より才のある亘理を生かしておけば己の立場が悪くなるという吉田の私怨であると思った。それに加え届書を持参した自分たちに悔やみの言葉をかけるどころか、その死は自業自得だと強い口調で言った吉田の冷酷なふるまいは渡辺たちに耐えがたいものであった。彼らの顔はゆがみ、渡辺助太夫が力を振り絞って立ち上がると他の者たちもそれにならい、吉田の屋敷をあとにした。

道を歩いてゆくと、前方から数人の男たちが表情を硬くして近づいてきた。それは中島衡平の親戚の者たちであった。

渡辺が不吉な予感を抱きながら声をかけると、年配の藩士が、

「今暁、中島衡平が何者かに襲われ殺害されました。藩庁にお届けするため家老の吉田様のもとへ参るところです」

と答えた。

渡辺たちは言葉もなく、吉田の屋敷の方に歩いていく男たちを見送った。

中島衡平は藩の儒学者でその論法は鋭く、それが鈍重な藩の重役たちの嫉妬と憎悪をまねき自宅謹慎の身となっていた。亘理と中島はことごとく意見が一致し、互いに時局を論じ合い硬くむすびついていた。

助太夫たちは、干城隊の連中が亘理とともに中島も殺害したことをこのとき知った。

臼井の屋敷にもどった助太夫たちは、寝所に亘理の首が置かれているのを見た。何者か分からないが塀の外から首を庭に投げ込んだとのことであった。

助太夫たちの怒りはさらに激しさを増した。彼らは口々に吉田悟助の冷酷な対応に、

「藩の責任者である家老でありながら、あの暴言はなんだ、許すことができない。武士としての情のひとかけらもない鬼のような人物だ」

と涙を浮かべて言い合った。

やがて横目の江藤東一郎と名越勇三郎が検視役として臼井家にやって来た。二人はすでに干城隊の屯所に行って、亘理夫婦を襲った隊員たちの尋問を終えていた。

渡辺助太夫は、検視役の来訪に備えて吉田新左衛門と連署の届書を用意していたので、それを二人に差し出した。江藤と名越がそれを読み終えると助太夫は二人を奥座敷へ案内した。部屋に入ったとたん二人はその惨状に顔色を変えた。

まず亘理の体が調べられ、肩から胸にかけて深く斬り下げられた傷口が大きく開いていた。枕元に置かれた首の顔面には左眼の下に突き刺し傷が認められた。

清の遺体はむごたらしく、所かまわず刀がたたきつけられていて、全身に斬り傷がひろがっていた。

吉田新左衛門は検視役二人に、

「亘理殿は、旅の疲れと酔いで熟睡しているところを不意に斬りつけられました。寝首を掻かれたのです。いかにも残念至極です。なにとぞ私どもの心中をお察しください」

と涙ながらに訴えた。

検視役は、

「亘理殿を襲った干城隊の者たちの言い分とは異なる。彼らは、亘理殿は脇差を取って立ち上がり二太刀までは身をかわしたが、三太刀目で切り伏せたと陳述している」

と言った。

「それは違います。卑怯にも寝首を掻いたのです」

助太夫は激しく首をふった。

脇差は、床の間に置かれていて検視役が刀を抜いた。脇差は使った気配が見られなかった。

検視役は、この状況と干城隊員の申し立てが食い違っているので、検視報告書の最後に、「何分、不思議なことである」と記した。

検視役が去り、助太夫たちは亘理と清の遺体を清め、白い着物を着せて首とともに棺桶におさめた。手に傷を負ったつゆは医師の手当を受けた。

その夜は親族でひっそりと通夜を行った。翌日、簡単な葬儀のあとに二人の棺桶を古心寺に運び墓地に埋葬した。棺桶が土中におろされてゆく時、それまでうつろな目をして人形のように静かだったつゆが突然激しい泣き声をあげた。下女がしきりにあやしても首をふって泣き続け、もらい泣きする者も多く、干城隊に対する怒りで顔はゆがんでいた。

同じ頃、中島衡平の棺も古心寺に近い大凉寺の墓地におさめられた。


臼井亘理と中島衡平が斬殺されたことは、藩内に大きな衝撃をあたえ、城下の空気はゆれ動いた。

襲撃前後の状況について、城下の者が見聞したことが人の口から口に伝えられ、その事件が周到に計画され実行に移されたものであることが明らかになってきた。

事件後、城下には、寝首を掻かれた臼井の親族の者たちが怒りをおさえきれず、無念をはらすため過激な動きに出るのではないかという噂がしきりであった。

また、臼井、中島が斬殺されたことは、家老吉田悟助から藩主黒田長徳に飛脚急便で報告された。

大坂中島の藩邸にとどまっていた長徳は、前年に父孝明天皇崩御によって践祚《せんそ》の式をあげられた十七歳の明治天皇が大坂に行幸されたので、参上して天皇に拝謁《はいえつ》した。天皇は三日後に京都にもどられたので、長徳は上京して妙心寺を本陣として、御所へ参内して再び拝謁した。長徳はそのまま京にしばらくとどまっていたが、そこに家老の吉田悟助からの飛脚便が届いた。

思わぬ事件の発生に長徳は驚き、随行の家老田代四郎右衛門や主だった家臣を呼び協議した。

田代は弟が吉田悟助の養子になっていることもあって、常に吉田と行動を共にしていた。田代は、干城隊員の行為は藩を思う忠義の心から発したもので、臼井と中島が殺害されたのは、自ら禍を招いた当然の結果だと強調した。その言葉に長徳は了とし、他の者も異を唱える者はいなかった。

しかし、二人が殺害されたことは藩内に大きな混乱を引き起こしていた。亘理の中老としての積極的な動きに賛同している者も多く、儒学者である中島に畏敬の念を抱く者もかなりいて、その連中が二人の虐殺に怒り過激な行動に出ることも考えられる。そのようなことが起きるのを事前に阻止するためには、藩主が秋月に急いで帰る必要があった。しかし、朝廷軍は江戸からさらに北に向かう態勢にあり、京の守護の一翼を命じられている長徳一行が京を離れることは、朝廷の機嫌を損なうことにもなりかねない。

長徳は田代たちと協議して、新政府に藩の緊迫した事情を訴え、帰藩のお許しを願うこととした。彼らは直ちに伺書をまとめ、田代が使者として新政府に提出した。

許可がおりたのは六月十七日で、帰藩して藩内の秩序を速やかに立て直し、また急ぎ上京するようにと指示された。翌日、長徳は天皇に拝謁して帰国する旨を言上し、あわただしく旅装をととのえて大坂から船に乗った。

黒崎から秋月にもどった長徳は、改めて吉田悟助から詳細な説明を受けた。臼井と中島の親族たちはかたく沈黙を守り藩内には重苦しい空気が広がっているが、際立った動きの気配は特にみられないという報告に長徳は安堵した。

長徳がどのように事件の処理をするか注目されていたが、七月八日、臼井と中島両家の親族が藩庁に呼び出され、それぞれ申渡しを受けた。

臼井家の親族に告げられた判決は次のようなものであった。

――臼井亘理は自分の才におぼれ、我意を通して他の意見を聞かず、人の憎しみを受けて人望を失っていた。京にあった臼井に殿様が急ぎ帰藩して処分を待つよう命じたのに、悪知恵をはたらかせて延々と京にとどまり、藩の密事を他に漏らすなどして私利をはかった。藩を思う心薄く、そのため殺害されたのは自ら招いた禍である。お家断絶をも仰せつけられるべきところであるが、亘理より以前の家筋は忠勤したこともあり、格別の寛大な思し召しをもって、断絶のことはさし許す――

中島の親族に申渡された判決文も臼井に対するものとほとんど同じで、その死は是非なきことで、本来ならばお家断絶すべきところであるが、寛大な思し召しでお家の持続は許される、というものであった。

両家の親族たちは藩のあまりの非情さに、怒りと悲しみがあふれ一言もなかった。

その日、干城隊員にも判決が言い渡されたが、それを知った臼井、中島両家の親族の怒りはさらに膨れ上がった。

判決文は短く、臼井、中島を殺害したのは、藩のため邪悪な者を除くという赤心《まごころ》よりでたことであるとした。

しかし藩の法を犯したことは許しがたく厳重に処分すべきところであるが、その赤心を評価し寛大な深き思し召しをもってお咎《とが》めなしとする、というものであった。

妻ともども殺害された臼井と中島は極悪人として家名も断絶されかねなかったのに、殺害した干城隊員たちは藩のためを思った行為として賞賛され、お咎めなしというのはあまりに公平を欠く処置であった。


悲しみ嘆きながらも、臼井家の家督相続についての協議が、親族が集まり始まった。本来は長男の六郎が継ぐべきであろうが、まだ十一歳と若いので、渡辺家の養子となっていた亘理の弟の助太夫を臼井家に復籍させることに意見が一致した。渡辺家でも了承し助太夫が臼井助太夫となり家督を継いだ。そして助太夫は六郎の養父となった。中島家でも、養子の豊次郎が家の当主となった。

これによって一応事態は沈静化したかに思われたが、八月十日、藩から重ねて沙汰があった。臼井助太夫が藩庁に呼び出され、家禄を五十石減じて二百五十石にすると告げられた。また、儒学者の中島家も三石減が言い渡され十石となった

その日、干城隊関係者への沙汰もあり、総督吉田悟助には「監督不行届」としてお叱りを申し渡されたが、隊長吉田万之助以下隊員たちはお咎めなしとされた。

臼井家の親族たちは藩庁の処置に不満で、理不尽だと思いながらもひたすら沈黙を守っていた。しかし、亘理と親しかった藩士たちの間には藩庁の処理に反発する者も多かった。

——暗殺は家老吉田悟助が若い藩士たちを扇動したことにより起こった。その後の冷酷な処分も、自分より能力の勝る臼井に対する吉田の個人的な憎悪によるものである。吉田の強い態度に若い藩主長徳公は圧倒されて、自分の意思を言っていない。このまま放っておけば亘理は藩に背いた国賊という烙印を押され、その汚名は末永く残される。それは黙っておくべきではなく、事件の処理は理不尽だと訴えよう。——

というもので、その声は日増しに高まり同調する者が増えた。彼らは夜になると申し合わせて集まり、憤りにみちた言葉を交わし藩庁の非を言い合った。

中島家でも同じような動きがみられ、友人、門人たちが集まり、臼井家の同情者とも連絡を取り合うようになった。

彼らの目的は両家の汚名を晴らすことで、藩があらためて臼井亘理と中島衡平に対して公正な審理を行い、二人の行動が、藩を思う純粋な誠意から出たものであることを、はっきりとさせることであった。

彼らの結束はかたく、身を賭して目的を貫徹することを誓い合った。彼らの同志の主な者は、吉田彦太夫、磯与三太夫、上野四郎兵衛、手塚小右衛門、手塚弘、宮井七左衛門、松村長太夫、坂田忠左衛門、戸波四郎、吉村九内、渡辺約郎、右田平八郎、末松清兵衛、時枝作内、時枝虎雄、毛利二三次、堀尾鎌《かとり》、渡辺平七、木附可笑人、江藤作右衛門、吉田作十郎、大久保新五郎、坂本喜左衛門らであった。

彼らは連れ立って藩庁に出向き、重役たちに臼井、中島に対する処分は当を得ていないと訴え再審理を強く求めた。しかし、それに応対した吉田悟助はそれをはねつけ、臼井、中島の死は藩に対する不忠の当然の結果であると声を荒げて言い、即刻退去するよう命じた。臼井、中島の同情者たちは激しく反発し、暗殺は吉田の私怨によるものだとなじり繰り返し再審理をせまった。

吉田は激昂し、

「これは明らかに強訴である。藩は兵を使ってその方どもを取り締まる」

と言った。

兵とは干城隊員を意味した。隊員たちが来て捕縛しようとすれば乱闘になることが予想され、同情者たちはそれを避けるため席を立って藩庁を退いた。

この応酬の件はたちまち城下一帯に広がった。同情者たちは一か所に集まって対策を練った。吉田からの指示を受けた屯所の干城隊員の動きもにわかに慌ただしくなったので、城下の人々は血なまぐさい騒動が起きるのではないかと怯えた。

そのうちに、夜、何者かによって長文の檄文が寺院などの塀に貼り出された。それは、家老吉田悟助が藩の進路を誤らせた極悪人であるということを、十か条にわたって列記したもので、第五条には、臼井亘理を「英傑」、中島衡平を「大儒」として褒めたたえ、その両者に罪名をきせ干城隊員に殺させたことはまことに大罪である。そこで吉田を誅殺したいところであるが君命がないので出来ないことが残念である。しかしながら天網恢恢疎にして漏らさず、お天道様は見ておられる、したがって吉田は自ら命を絶つべきである。と結ばれ、「有志国士中」と記されていた。

この檄文は、臼井、中島の同情者が書いたに違いなく、城下の空気はさらに緊迫化した。同情者たちは協議をかさね、宗藩である福岡藩に直訴すべきであるという意見が支配的になった。そのような秋月藩の混乱は、むろん福岡藩でも察知していたが、福岡藩にはより難しい問題が山積していたので、秋月藩の内紛は気にかけながらも様子見を続けていた。

少し遡るが宗藩の福岡藩でも内紛が起き、公武合体論の保守派が勢力を巻き返した。彼らはここぞとばかりに勤皇派を排斥する内訴状を認《したた》め藩主黒田長溥《ながひろ》に提出した。

——さきに、勤皇派の加藤司書が中心となって提出した「藩論基本の建議書」は長溥公をないがしろにしており、また加藤司書が犬鳴山に築造している別館は藩主を閉じ込めるためのものである——

という内容であった。

彼らの目的は勤皇派の根絶やしであった。

——勤皇派を抹殺するには、根を切り枝葉を枯らさなければならない。それによって他日の復讐と再出芽の患いを絶てるからである——

というのがその思いであった。これにより慶応元年（一八六五、干支は乙丑）十月、藩主長溥は勤王派藩士の処分を行った。

切腹七名
加藤　司書　（三十六歳）
斎藤五六郎　（三十七歳）
衣非《えび》　茂記　（三十五歳）
建部　武彦　（四十六歳）
尾崎惣左衛門　（五十四歳）
万代十兵衛　（三十二歳）
森　安平　（三十八歳）

斬首十五名
月形　洗蔵　（三十八歳）
海津　幸一　（六十二歳）
鷹取　養巴　（三十九歳）
伊藤清兵衛　（三十五歳）
森　勤作　（三十五歳）
伊丹真一郎　（三十三歳）
江上栄之進　（三十二歳）
今中祐十郎　（三十一歳）
今中作兵衛　（二十九歳）
安田喜八郎　（三十一歳）
中村　哲蔵　（三十一歳）
佐座健三郎　（二十六歳）
瀬口三兵衛　（二十九歳）
大神　壱岐　（三十二歳）
筑紫　衛　（三十歳）
流罪百余名

という大粛清であった。いわゆる「乙丑《いっちゅう》の獄」といわれるものである。

藩主黒田長溥は薩摩からの養子であり、当時公武合体に突き進んでいた薩摩に忖度した行動であった。

この処分に関して、慶応四年四月四日、勤皇派政府である明治新政府から、「乙丑の獄」を行った責任者を処分せよ、という厳しい内容の「御沙汰書」が福岡藩庁に届いた。

このため、藩主長溥は四月八日、やむなく家老三名の切腹、流罪十六名という処分を断行した。処刑に先立ち、長溥は四月七日、次のような文書を家老三人に出した。

「……汝らが尽くせし忠志のあるところは、我らはよくよく知るところなりといえども、如何せん時勢の変革は霄壌《しょうじょう》相反し、一藩の危難は今日に迫り来たれり。事ここに及べり。宜しく我らが心意の在るところを察して、以て一藩の危急を救い、自ら決するところあるべし……」

つまり、「すまないが、事をおさめるため死んでくれ」と藩主が頭を下げたのである。

他にも福岡藩はやっかいな問題を抱えていた。長崎におけるイギリス人殺害問題である。

慶応三年七月六日の夜にその事件は起きた。場所は長崎の遊郭そばの寄合町の通りであった。その日は七夕の前夜で長崎では恒例行事の「星祭り」が催される。福岡藩の留学生八人と金子才吉は夕涼みがてら星祭りの見物に出かけた。寄合町を通りかかったところ、その道路に外国人二人が泥酔して寝ころんでいた。

留学生たちがそれを見ながら通りすぎると、しばらくして後方で、「無礼者！」という大声と同時に、「ギャッ！」という悲鳴が聞こえ、続けて「ウオー！」という叫び声が起きた。

学生たちが駆けもどってみると、外国人は二人とも肩から脇にかけ大袈裟斬りの一太刀で斬られ、すでに絶命しており、そばに金子が血刀を持って茫然と立っていた。

学生たちはこの突然の出来事にあっけにとられた。彼らは皆、二十歳前後の青年であったが、金子は四十二歳の壮年で、しかも和漢の学のほかに蘭学を修めた学者であり、天文、測量、航海の技術者でもあった。温厚な壮年の秀才であり、狂信的な攘夷派などとは全く縁がなかったので、学生たちは事の意外さにとまどった。

金子才吉が斬殺した二人は、イギリスの軍艦「イカルス号」の水兵で、このことによって福岡藩はまた厄介なお荷物を抱え込むこととなった。

この事件の真相は福岡藩の一部の者が知っているだけであったので、藩では厳重に口止めをした。イギリス側が幕府に「下手人を出せ」といきり立つので、幕府が困惑しているのを息を潜めて見守っていた。真相が分かれば大変なことになるのは目に見えていたからである。

金子は筑前屋敷に監禁されているうちに自殺してしまったので、動機などは分からないままであるが、外国人の無礼な行為に対する発作的な犯行であったと思われる。その頃、金子は精神が不安定でノイローゼの状態であった。

金子の遺骸は屋敷の根板を剥がして作った棺桶におさめた。棺桶を外に発注し買い求めると、福岡藩が疑われると思ったからである。そして、金子をおさめた棺桶をひそかに藩船で福岡に送り、六本松の茶園谷長栄寺に運んだ。

一方、イギリス公使パークスの厳しい抗議を受けた幕府は、懸命に事件の真相究明に取りかかったが、真犯人を知っている福岡藩は貝のように沈黙を守っていたので、見当違いの筋を追っていた。

まず嫌疑をかけられたのは土佐藩であった。事件当夜、現場に近い丸山の「花月楼」で土佐の海援隊の連中が飲んで騒いでいたこと、その夜に長崎港から土佐の「横笛丸」「南海丸」が急に出帆していること、こうした事実から土佐の連中が事件を起こし犯人を逃がすために土佐の船が長崎から出ていった、という推測ができた。海援隊は諸国の乱暴者の集団だから外国人の殺人ぐらいはやりかねないと見られたのであった。幕府もイギリス側もそう信じ、土佐藩も「あるいは、わが藩の者がやったのではないか」と思っていた。しかし実際やっていないので解明できるはずがない。海援隊の責任者である坂本龍馬も、この件ではずいぶん心配して奔走した。

この事件の捜査は完全に壁にぶつかってしまった。外国担当判事でこの事件の調査責任者であった大隈重信は「もうこれ以上やっても無駄だ。あきらめよう」と言い出した。周りは「そんなことをすればパークスが何を言い出すか分からない」としきりに心配したが、大隈は「分からないものは、分からないのであーる。パークスには率直に話して頭を下げるほかない」と度胸を据え覚悟した。

明治元年の十二月、大隈がいよいよ長崎を引き上げようとしたときに、事件は思わぬ展開をみた。長崎で発行されていた「崎陽新報」に、イギリス水兵殺害の犯人は福岡藩の者であるという投書があった。早速、福岡藩に問い合わせてみると、福岡藩はもう隠しきれず、「実は当藩の者がやったことである。申し訳ない」と白状したので、この問題は急遽真相が判明した。

秋月藩の問題に関わるより、自藩の政情を安定させることが肝要だ、と判断していた福岡藩ではその回復を図っていた。しかし秋月藩が当藩へ直訴する動きが持ち上がっているらしいと知ったので、この事態を放置しておけば、他藩や朝廷にも知れわたり、さらに深刻になることを恐れ、参政の槙玄蕃、倉八権九郎、浅香一索、山口蚊、奥村貞らを派遣して鎮撫することとした。朝廷軍と旧幕府軍の戦闘が続いている中で、支藩である秋月藩で藩士同士が殺戮しあう内乱が起きることは、朝廷に対して福岡藩の立場を悪くすると判断したからである。

槙たちはただちに秋月に向かい、御殿で藩主黒田長徳に会って本藩が憂慮していることを伝え、対立している両派の主だった者をそれぞれ呼び、意見を聴取した。

両派の主張は強硬で譲る気配は全くなく、いたずらに日を重ねるだけであった。槙たちは両派を歩み寄らせるのは不可能と判断し、和解方針を断念して福岡にもどった。

報告を受けた福岡藩では、煩わしいと思いながらも放置するわけにもいかず、両派を日を分けて福岡に呼び審理することとした。

まず、家老吉田悟助と干城隊関係者を呼び、ついで臼井、中島の同情派である執政上席吉田右近、参政上席吉田彦太夫をはじめ磯与三太夫、上野四郎兵衛、手塚小右衛門らを呼び寄せた。

福岡藩では双方から言い分を聞き、両派はそれぞれの立場の意見を述べた。和解するよう説得したが、両派の主張に大きな隔たりがあり、藩は苦慮した。

客観的にみて、臼井、中島の同情派の主張は筋道が通っていて、暗殺事件をひき起こした干城隊側の行為は厳しく糾弾されるべきだと思った。しかし、福岡藩は事の善悪よりも秋月藩の秩序を回復することを第一と考えた。秋月藩を事実上支配しているのは吉田悟助で、彼に非があると裁定すれば混乱はさらに激化する。それに吉田が総督の任にある干城隊の隊員たちはほとんどが二十歳以下の若者で、血気にはやって過激な行動に出ることが十分に予想された。

福岡藩の重役たちは協議を重ね、吉田悟助派の者を不問に付するとするのが紛争を鎮めるのに最良の方法であるとした。そして臼井、中島の同情派に対しては、秋月藩庁に強訴したのは許しがたい行為であると裁定した。

福岡藩では、吉田悟助以下干城隊関係者に帰藩を促し、秋月にもどってからはこの件に関しては一切口をつぐむよう指示した。

同情派に対しては、吉田右近と吉田彦太夫は藩の要職にあるので、刺激を与えることを避けるため帰藩を許した。強硬に意見を主張した上野四郎兵衛、松村長太夫、宮井七左衛門、手塚小右衛門、手塚弘、吉村九内、渡辺約郎、右田平八郎、時枝作内、時枝虎雄、毛利二三次の十一名を幽閉すると申渡した。

福岡藩では、荒戸谷町の元の源光院跡に牢獄を設置し、彼らを投獄した。

六郎の一念

両親を惨殺された十一歳の臼井六郎は、食事ものどを通らず放心したような日々を過ごしていた。六郎の眼には、首のない父の遺体とむごたらしい母の姿が絶えず浮かび上がった。養父や親族の人たちが「寝首を掻かれた」と繰り返していた言葉が耳から離れず、父や母の無念が思われ体がふるえた。寝所の畳は新しく替えられたが、家の中には血の臭いがこもっているように感じられた。

蒸し暑さが増し、蝉の鳴き声が屋敷をつつんだ。

養父の助太夫は、家禄減俸によって大筒頭の郡奉行を罷免され馬廻組下役となった。御殿から屋敷にもどってきても顔の表情は暗くほとんど口をきくことはなかった。六郎は十一歳から通学を許される藩校の稽古館に通っていたが、事件後は喪に服しているという理由をつけて、外に出ることはなかった。

秋の気配がきざした頃、六郎は助太夫に呼ばれ稽古館に通うよう命じられた。

「学問にはげむことが肝要だ」

養父は意を決して言った。稽古館には藩の子弟たちが多数いて、彼らに接する六郎の気持ちを思うと辛かったが、心を鬼にしてでも言わなければならないと思ったのである。

翌日から、六郎は稽古館に通うようになった。

朝五ツ半（午前九時）に素読授業からはじまり、昼九ツ半（午後一時）には終わる。子弟たちは六郎に複雑な眼を向けすぐにそらす。親しかった子弟たちが自分に視線を走らせているのを意識した。

六郎は授業が終わると、すぐに屋敷にもどった。

六郎は、夕刻に御殿からもどった助太夫の前に座り、

「父上は忠義の心をもって殿様にお仕えしておりましたのに、首までとられて無念です。母上まで無残なお姿になられて……」

と、これまで耐えていたものを吐き出すように言って嗚咽した。

助太夫は口をつぐみ深く息をはいた。

六郎は顔をあげると、

「父上は、殺されてもやむを得ないようなお方だったのですか」

と、助太夫を見つめた。

「そんなことは断じてない。まことの忠義の士であり、藩を思う心は他の者に比べられないほど立派なお方であった」

助太夫は諭すようにやさしい口調で答えた。

「そのような父上であったのに、なぜあのような殺され方をしたのですか。私は、父上の無念をはらしとうございます。父上を、そして母上をあのように斬り殺したのは一体だれなのですか」

「それが分からぬ。分からぬのだ」

助太夫は悲痛な顔で、六郎から視線をそらした。

六郎は、無言で助太夫の横顔を見つめていた。

その夜、六郎はふとんにもぐって号泣した。血に染まり首のない父の遺体と、血にまみれた母の姿が眼に浮かんだ。父も母も二十歳にもならない若者に斬り殺されたのだ。必ず下手人を見つけ出し復讐する、と心の中で叫んだ。


空気が澄み気温が低下して、杉馬場の桜並木も紅葉しだした。

九月下旬の晴れた日の午後、稽古館での授業を終えて筆墨を片づけている時、六郎は教室の隅の方で三、四人の子弟が話す声を耳にした。そのうちの一人、干城隊員山本克巳の弟道之助が伊藤豊三郎、間鍈之丞らに少し笑いをふくんだ声で得意気に話している。

その内容に、六郎は背筋に冷たいものが走るのを感じて耳をかたむけた。

「国賊の臼井亘理を斬り殺したのは、俺の兄だ」

つづけて道之助は、

「兄は家伝の名刀を腰におびていったが、その刀が刃こぼれした。人を斬るとはそのようなことで、よくある由だ」

と言った。

六郎は、胸に激しい動悸をおぼえた。筆墨を急いでまとめると稽古館の外に出て、足をはやめて屋敷に駆け込んだ。

その日助太夫は勤務がなく屋敷にいて、縁側から庭に眼をむけて茶を飲んでいた。

座敷に入って座った六郎は、山本道之助が口にした言葉をうわずった声で伝え、

「下手人は山本克巳、父の敵を討ちます」

と叫んだ。

助大夫は、六郎の顔をしばらく見つめていたが、やがて、

「軽々しいことを申してはならぬ。おまえはまだ十一歳、今はひたすら文武の道にいそしむことだ。学問に励み、ものの道理を十分わきまえてから、あらためて考えればよい。よいな、年端もゆかぬのに敵を討つなどと決して口にしてはならぬぞ。敵を討つということは大変なことなのだ。返り討ちにあうこともある。めざす敵を探し回っても巡りあえず、いたずらに歳月を費やして帰るに帰れなくなり、そのうちに意欲も気力も失って朽ち果てた者がなんと多いことか。首尾よく本懐を遂げた者は少ない」

助大夫の口調は厳しかった。

その数日後、六郎はけわしい表情をして声を低めて話す祖父儀左衛門と助太夫の話に、父を殺害したのはやはり山本克巳であると知った。屋敷に誰からかは分からないが、石を包んだ文が投げ込まれ、そこには「亘理ヲ殺害セシハ山本克巳ニシテ、妻ヲ殺害セシハ萩谷伝之進ナリ」と書かれていたという。

六郎は、萩谷伝之進という名も胸に刻みつけ、萩谷の命も必ず奪うと固く心に秘めた。

慶応四年の九月八日、慶応が明治と改元され、下旬には朝廷軍に頑強に抵抗をつづけていた会津藩の降伏が伝えられた。江戸城は東京城と改称されて皇居となった。

翌明治二年五月、軍艦で蝦夷地に往き、五稜郭に籠り抗戦していた旧幕臣の榎本武揚が率いる軍勢が新政府の軍門にくだった。これによって全国が明治新政府の支配下におかれた。

六郎は、復仇《ふっきゅう》の一念を胸に秘めながら勉学に努め、武術の稽古にも励んでいた。

明治四年七月十四日、廃藩置県の詔《みことのり》が発せられ、秋月藩は秋月県となった。全国諸藩の旧藩主は東京に移住を命じられ、旧藩主黒田長徳も八月二十三日秋月を出立し東京に向かった。

長徳が秋月をはなれて間もなく、三年前に吉田悟助ら干城隊派と対立して福岡の獄舎に幽閉されていた十一名の者が、廃藩置県によって釈放され秋月にもどってきた。その中には、叔父の上野四郎兵衛もいた。

四郎兵衛は、すぐに臼井家にやって来た。迎え入れた儀左衛門と助太夫は、四郎兵衛の労に感謝の言葉を繰り返した。

四郎兵衛はかなりやつれていたが、声には張りがあって吉田悟助を激しくなじり、福岡藩の裁定も非難した。

座敷の隅に座って話を聞いていた六郎は、殺害された父の汚名を晴らそうと身を挺して尽力してくれた四郎兵衛に深い感謝の念をいだいた。

廃藩置県によって藩情は一変し、藩庁は県庁となり、藩士は県の役人として勤務した。養父の助太夫も例外ではなかった。

そして、廃刀令と断髪令が出た。助太夫も刀を帯びることなく、丁髷《ちょんまげ》を切った。

そして、旧藩主に随行して多くの旧藩士が東京へ去ったが、それとは別に自主的に秋月を離れる者がでてきた。上野四郎兵衛も、いまわしい記憶の残る秋月に未練はないと言って、家族をともなって東京に向かったので、六郎は町はずれまで送っていった。

六郎は、養父に敵討ちを厳しくたしなめられて以来、それについて再び口にすることはしなかったが、父母の無念を晴らそうという思いは日増しに募っていった。

六郎は、復讐を密かに胸に秘め、養父にも悟られないよう注意していたが、叔父の上野四郎兵衛には自分の思いを知ってもらいたかった。四郎兵衛は、親族の中で最も激しく干城隊派と対決し、そのため獄にまでつながれた。四郎兵衛なら自分の気持ちを理解するというよりも、むしろ賞賛し力を貸してくれるように思えた。

六郎は、四郎兵衛が東京で住居を定め、新設の文部省に職を得たという手紙をよこしていたので、思い切って手紙を出した。父を殺害したのが山本克巳であることを、克巳の弟が友人に話しているのを耳にしたこと、さらに投文もあって山本が下手人であることは確実であること、そして無残な首のない父の遺体が忘れられず山本に必ず復讐すると思っていることを書いた。

一か月ほどして、四郎兵衛から六郎宛てに長文の手紙が送られてきた。その中に養父助太夫から聞いた話だとして、思いがけぬことがつづられていた。

――助太夫が親しくしている井手勝平という御殿の門番が、山本克巳の父亀右衛門のもとに行った折、亀右衛門は息子克巳への怒りを口にしたという。亀右衛門は、臼井亘理が藩の安泰のため東奔西走したことを知っており尊敬の念をいだいていた。ところが息子克巳が臼井家に忍び込んで亘理を殺害したことを知り、とんでもないことをしでかしたと怒った。さらに家伝の名刀を刃こぼれさせたことは言語道断で、手打ちにしたいと思ったほどであったと声を荒げた。しかし、暗殺は干城隊総督吉田悟助の指示によるもののようで、手打ちにもできぬと言っていた。それらを井手が助太夫に密かに話したとのことであった――

六郎は、その文面に茫然とした。そのような事実を養父が知っていたのは意外で、むろん祖父も養父からそれを聞いているはずだった。自分に話さないのは、自分が復讐の念をいだくことを恐れているからにちがいなく、血なまぐさいことがまた起らないよう願っているからだろうと思った。

六郎は、改めて自分の復仇の一念を養父にさとられてはならないと強く思った。

四郎兵衛の手紙には最後に、復讐は絶対にしてはならぬ、あくまでも合法的にやるべきで、旧藩主に山本克巳を相応の刑に処して欲しいと嘆願すべきだと書かれていた。

六郎は、そのような方法は全く効果がないと思った。藩は県となり、旧藩主は東京に去っていて何の権限もない。後任としてきた県令は、新政府から派遣された他国出身の役人で、秋月には愛着を持っていないとの噂であった。

復讐を果たすのは自分の力による以外にないのだ、四郎兵衛にもそのことを再び手紙に書いてはならない、と思った。


年が明け、明治五年正月を迎えた。六郎は十五歳になった。

依然として出郷する者が多かったが、山本克巳も東京に去るらしいということを耳にした。

六郎は、山本が同じ秋月の城下にいるということで一種の落ち着きを覚え、折をみていつでも命をねらえるという気持ちをいだいていた。東京は六郎にとって異国とも思えるほど遠い地で、そこに去られたら山本とは永遠に会えないのではないかと焦った。

六郎は、誰にも言わずに山本の屋敷を目指して調べに行った。山本の屋敷の角までくると、大声が聞こえるので六郎は物陰にかくれて様子をみた。

数人の男たちが、屋敷の門前で叫んでいた。

「山本克巳、出てこい！」

「東京に逃げるとはまことか！」

「裏切り者めが！」

男たちは、干城隊にいた者たちだと六郎には分かった。中の一人が門をくぐって玄関から屋敷内に叫んでいたが、やがていまいましげにもどってきた。

「山本め、やはり一族もろとも、すでに逃げたようだ」

別の男が、舌打ちしながら、

「おのれ、逃げ足の速い奴だ」

さらに、別の男が、

「世の中が変わろうとしているのだ。機を見るに敏な奴にはかなわぬ」

玄関からもどった男が苦々しげな顔で、

「だが、このままほっておいたら、われられの尊皇攘夷の志はどうなるのだ」

と嘆いた。

「いずれにしても主がいない屋敷の前でいくら怒鳴っても、みっともないだけだ。引き揚げるぞ」と他の者をうながし去っていった。

六郎は、男たちが去った後も、しばらく山本の屋敷前にたたずんでいた。山本克巳が東京に逃げたのなら、追わねばならない、どこへ逃げようと逃がしはしない、と胸の中で誓った。

その年の十一月九日に陰暦が廃止され、太陽暦の採用が布告された。そして、十二月三日が明治六年一月一日となった。

その直後、徴兵令が布告され、旧藩士たちの間に不満が広がっていった。旧藩時代は武器を手にするのは武士とそれに準ずる者に限られていたが、徴兵令は町民や百姓も対象としていたため、彼らも武器を手にすることができるようになった。先の秩禄処分、廃刀令とともに武士を消滅に追い込む制度であると言って、明治新政府に対する不満が全国で起こった。

また、二月七日、明治新政府は第三十七号布告として「仇討禁止令」を発令した。

——人ヲ殺スハ、国家ノ大禁ニシテ人ヲ殺ス者ヲ罰スルハ、政府ノ公権ニ候処
——私憤ヲ以テ、大禁ヲ破リ、私儀ヲ以テ、公権ヲ犯ス者ニシテ、固《もと》ヨリ擅殺《せんさつ》ノ罪ヲ免レズ

江戸時代には親の敵を討つことは美徳とされ褒めたたえられたが、それが犯罪となったのである。この布告を発令したのは、明治新政府の要人たちが我が身を守るためであった。江戸時代には数少なかった敵討ちが、幕末から明治初期にかけて頻繁に起こったからである。

幕末に、「天誅！」と叫びながら尊攘派による公武合体派の要人暗殺が頻発した。殺された側からすれば暗殺犯がはっきりしている以上は敵討ちをしなければ武士の面目がたたなかった。暗殺に関与した者が多い明治政府の要人にとって、これは恐怖であった。そこで、彼らはわが身を守るために、政府は法治国家であり敵討ちは野蛮な風習であるとし、殺人罪としたのであった。

養父は、縁側でよく新聞を読んでいたが、読み終わると綺麗に折りたたみしまっていた。しかし、その日はこの記事が掲載されている面を広げたまま外出した。六郎は、養父がこの新聞を自分に読むようにしむけたのだと思った。

六郎は、この「仇討禁止令」の記事を読み、一瞬棍棒で頭を殴られたような衝撃をうけた。ずっと思い続けますます募っている復仇の一念が、殺人罪となることなど認めたくなかった。しかし、こんなことでくじける六郎ではなかった。

――俺は秋月武士の子だ。薩摩と長州の藩閥政府が定めた法などに屈したりはしない。たとえ死罪になろうとも山本克巳にたいする復仇の念はゆるがない。ますます強くなるだけだ――

と思った。

そうした中、佐賀出身の江藤新平が文部大輔となった。文部省にはまだ卿を置いていなかったので、江藤が文部行政の最高責任者となった。

江藤は、全国的に学校を創り全国民の教育を行う方策をたてた。

「村に不学の家なく、家に不学の人のなからしめんことを期す」との方針で、一定の年齢の子供すべてを収容することを目標とした。従来の学問が侍以上の独占物であった点を改め、学問、教育の目的を「身を立てるもとで」としたのであった。

村々に小学校が設けられ教師も物色された。明治九年五月、六郎は人に請われて秋月の南方にある三奈木《みなぎ》村の小学校の教師となった。

六郎は十九歳で、月給は二円五十銭であった。彼は秋月から三奈木へ毎日通い、熱心に子供たちに読み書きを教えて充実していたが、このまま安穏とこの生活に浸っていては、山本克巳に対する復仇の念が薄れていくような気がして、三か月後に三奈木小学校の教師を辞めた。

六郎は養父に、東京に行き有力な政治家か役人の書生となって学問を極めたいので、上京を許して欲しいと懇願した。養父は六郎の熱心さに押されて許してくれた上に路銀をくれたが、復讐のことは忘れろと念をおした。

六郎は旅装をととのえ、父が護身用としていた短刀を旅嚢《りょのう》の中にひそかに納め、八月二十三日に秋月を出立した。

古処山を眺め八丁峠を越えて、翌々日小倉に着いた。小倉からは船便で大阪に行き、東海道を歩いて十月初旬、東京に着いた。

秋月を出る前に東京にいる叔父の上野四郎兵衛に手紙を書き、身を寄せたいと頼んでいたので、芝西久保明舟町の四郎兵衛宅を訪ねた。

六郎は、こじんまりした家の格子戸の前に立ち声をかけた。すぐに四郎兵衛が格子戸をがらりと開けて出てきて、

「六郎か、よく来た」

と嬉しげに言った。丁髷を落としたざんぎり頭と官員服を着ている四郎兵衛を、六郎は物珍しげに

見た。

六郎は、適当な書生の口が見つかるまで寄食させてもらいたいとお願いした。

四郎兵衛は六郎を快く受け入れたが、

「すでに昔の世ではない。何事も思うようにはならないのだ。悔しいだろうが、敵討ちのことは忘れろ」

と釘を刺すのを忘れなかった。上京してからの四郎兵衛は、生きていくために苦労に苦労を重ね、すべてを諦めたようであった。

六郎は微笑してうなずいたものの、何も言わなかった。四郎兵衛はそんな六郎の態度に何事かを感じたらしく、山本克巳の消息を話した。

「山本は福岡藩の尊王攘夷派志士であった早川勇を頼って、新政府の司法省に出仕したらしい。いまでは一瀬直久と名のっている」

六郎は一瀬直久という名を聞いて頭にたたきこんだ。

「その一瀬直久は今どこにいるのですか」

六郎の言葉には思わず殺気がこもっていたのか、四郎兵衛は顔をしかめて、

「名古屋裁判所で判事をしているそうだ」

「ひとを無惨に殺した者がおのれの罪を棚に上げてひとを裁く、さようなことはわたしには納得がいきません」

六郎は怒りを込めて言った。四郎兵衛は、

「やむをえまい。それがご一新というものだ」

と言った。

名古屋と聞いて六郎は落胆した。上京するとき養父から与えられた路銀と蓄えていた三奈木小学校教師の月給は、東京までの旅費で大半を使い果たした。名古屋は遠くそこまで行く金はない。四郎兵衛には敵討ちをかたく禁じられているので、旅費をめぐんで欲しいと言うことはできない。それに文部省の小役人である叔父の月給を考えるとそのようなことはとてもは口にできなかった。

当時の元尊攘派志士たちの感情は、

――尊皇攘夷政権の樹立に尽くしたのに、新政府が報いたのは、版籍奉還、廃藩置県による封建制の廃止、攘夷放棄、幕府の開国政策継続といった方針であり、それは裏切り行為以外の何物でもない
――

といったものであった。

――そもそも幕末の騒乱は、夷人嫌いの孝明天皇が、妹君和宮の有栖川熾仁親王との婚約を破棄してまで将軍家茂へ降嫁させ、幕府に攘夷実行を約束させたのに、それを実行しない幕府を倒そうとする「倒幕運動」に始まった。ならば、幕府を倒したいま、攘夷を実行するのが新政府の最大の責務である、そして、外国との貿易など幕府がめざした欧化政策に真っ向から反対してきたのも、攘夷を主導してきた薩摩であり長州ではないか、要するに攘夷というのは倒幕のための見せかけの言葉だった

のだ。謀られた。だまされた——

と新政府に対する非難の声が全国の元尊攘派から起きた。

明治九年十月、政府の欧化政策にかねて不満を抱いていた熊本の士族神風連が、政府の熊本鎮台を攻撃し、種田政明熊本鎮台司令長官を討ち取ったことを知ると、秋月士族は神風連に呼応して決起した。

今村百八郎や宮崎車之助ら、かつて干城隊員だった者を中心にした旧藩士二百四十八人が結集した秋月党は、政府に対して欧化政策反対、国権の拡張などを主張した。

隊長今村百八郎は、集まった秋月党兵の前で威風堂々、

「神州の国勢を恢復《かいふく》せんとす」

と言って出陣の声をあげた。その不穏な動きに馳せつけた巡査穂波半太郎を血祭りにあげると、初めて人が殺されるのを見た兵は異常に興奮し、意気揚々と出立した。神風連が鎮圧された報は彼らが出立した後であった。

また、長州の萩では前原一誠がこれに呼応して挙兵した。

熊本の神風連、萩の前原党、秋月党は三角同盟を事前に結んでいたのである。

秋月党は旧小倉藩（明治二年に豊津《とよつ》藩と改称）の豊津に侵攻し、旧豊津藩士の決起を促し、ともに馬関へ渡り萩の前原党と組み騒乱の拡大を図るという計画を立てていた。

豊津士族の新政府への恨みは秋月士族より強かった。戊辰戦争で小倉城を焼いて香春《かわら》に逃れ、そこから新天地豊津を求め、そこを永住の地と定めたが、政府から県都を小倉と定められ、藩士は存立の後ろ盾を失った。豊津士族の怒りからすれば、秋月藩士より先に立ちたいくらいであった。

しかし共にする秋月兵をみれば士気はともかく、三百年前の陣笠、陣羽織姿で、銃も火縄銃であった。これでは鎮台兵を相手に戦えないと豊津藩士は思った。

豊津兵は、自分たちは第二次征長戦、戊辰戦争を経験し、戦争の何たるかを知っているが、秋月兵は戦争の経験が全くなく、戦争のことを知らない烏合の衆であると思った。

したがって、豊津士族は秋月党の決起促しには呼応しなかったので、秋月党の目論見は頓挫した。そして、福岡県令渡辺清の要請により出動した小倉鎮台の兵に攻められたうえ、豊津兵にも攻撃されたため、彼らは英彦山《ひこさん》方面へ敗走した。

江川村に落ちのびた宮崎車之介ら七人は自刃したが、降伏投降する者がつづいた。

今村百八郎に率いられた陣は秋月にもどり、秋月小学校に駐屯する小倉鎮台兵を襲ったが、そこへ神風連を鎮圧した熊本の鎮台兵が急行した。今村らは彼らと戦闘を繰りひろげた。そのため、秋月の城下は火の海となり、美しい町並みは見るかげもなくなってしまった。

今村百八郎らは県小属加藤木貞次郎を殺害したが、やがて今村は捕えられ斬首に処せられた。懲役や終身刑に処せられた者は百四十四人に及んだ。

「秋月の乱」は挙兵後わずか一週間で鎮圧された。

六郎は、連日報道されたこの「秋月の乱」を新聞で読み、複雑な気持ちになった。父の敵である干城隊の者たちが処刑されたことについては溜飲が下がったが、故郷の美しい秋月の城下が踏みにじられたと思うと胸がはり裂けそうに悲しくなった。

また、元干城隊員でありながらいち早く政府に仕え、秋月の騒ぎをよそに官僚として出世の道を歩いている一瀬直久に対する憎悪が募った。

六郎は、四郎兵衛の家で厄介になっているうちに寄食していることに重苦しさを感じるようになっていた。家計がかなり苦しいらしく、生活は極度に切り詰められていて、自分がいることが経済的な負担になっていることを六郎は知っていた。

六郎は四谷仲町で山岡鉄舟が開く春風館道場の前を幾度か通り、何か気になるものがあり縁を感じたので、書生として雇ってもらえないだろうかと思った。

六郎は四郎兵衛に、剣の達人であるとともに学識も豊かな山岡の書生になりたいと説き、山岡のもとへ同道をお願いした。

四郎兵衛は、文を書くから数日待てと六郎に言った。そして、こういう場合は、前もって伺う旨をお知らせしておくのが礼儀というものだと言った。六郎は、さすが叔父上は文部省の役人であるなと思った。

山岡鉄舟は、御蔵奉行をしていた小野朝右衛門の四男として江戸の本所で生まれた。千葉周作に剣術を、山岡静山に槍術を学んだ。静山急死の後、請われて山岡家の養子となり、静山の妹を妻とした。

天性の資質と体格に恵まれた鉄舟は、いつの間にか江戸屈指の剣客といわれるようになった。

彼はこのように、維新期に剣豪として名を馳せた人物であるが、明治元年の戊辰戦争の最中にさらにその名を高めた。官軍が江戸総攻撃を決行しようとした時、幕府方勝海舟と官軍の参謀西郷隆盛とを会見させた。総攻撃をやめさせ江戸城明け渡しについての会談を成功に導き、徳川家並びに江戸百万市民を安堵させるという大演出を見事にやり遂げたのである。

その胆力は西郷や勝も認めるところであった。

維新後は、茨城県参事、伊万里《いまり》県権令をへて静岡県の権大参事に任じられた。その後、西郷の推薦により宮内省大丞《だいじょう》に任じられ、天皇の側近として仕えた。

一刀流正伝の剣の道だけでなく禅も修行して、

——剣禅一如——

を唱え、独特の風格を持った剣客となっていた。

山岡鉄舟は豪胆な性格とともに、慈愛に富んだ心を持ち、若い者たちのために骨身を惜しまず面倒をよく見ていたので、彼を慕って多くの門弟が集まっていた。

三日後、四郎兵衛は六郎を四谷仲町の剣術道場に連れていった。「春風館」という看板のかかった道場の門前に立った六郎は、今までに感じたことのないような緊張感を覚えた。

四郎兵衛が訪問の声を発すると、門弟が出てきて道場に案内された。道場では門弟たちが激しい気合を発して稽古に励んでいる。紺の木綿の稽古着姿の鉄舟は師範席で目を閉じて端座していた。

門弟が傍らにいって来客を告げると、鉄舟は目を開けて向き直った。四郎兵衛と六郎が前に座り、頭を下げると鉄舟も丁寧に辞儀を返した。

四郎兵衛が咳払いしてから、

「先日来、書状にて入門を願い出ておりました甥の六郎を連れて参りました」

と告げた。六郎は手をついて、

「臼井六郎と申します」

と言った。

鉄舟は何もかも見抜くような鋭い眼光を六郎に向けた。六郎は向かい合って座っているだけで威圧されるような気がした。

鉄舟はなおも六郎を見つめた後、

「茶を進ぜよう」

と言って門弟に合図した。


六郎と四郎兵衛は、門弟に案内されて別棟の座敷に通された。まもなく門弟が茶を持ってきて、二人の前に置いた。

茶に手をつけず待っていると鉄舟が稽古着から羽織袴に着がえて入ってきた。道場にいたときとは違う柔和さであった。

鉄舟は自分の前に置かれた茶碗をとって、静かに喫した。六郎と四郎兵衛もゆっくりと飲んだ。

鉄舟は六郎に顔を向けて、

「そうとう苦労したようだな。邪念が顔に出ている。何か思い詰めていることがあるのか」

と言った。六郎はハッとして言った。

「わたしは父の敵を討ちたいとずっと思ってきました。だからそれが顔に出ているのでしょうか」

六郎は、敵討ちは忘れるよう常々言っている四郎兵衛が側にいることも忘れていた。

「己の無念を晴らすために敵を討つということは間違いだ。目的と手段を一緒にしてはならぬぞ。敵を討ち大事な人の無念を晴らしてやれば、その邪念は消える。そのためにこれから励め」

鉄舟が穏やかに言うと、四郎兵衛が身じろぎして口を挟んだ。

「では、六郎の入門はお許しくださいますか」

鉄舟は深々とうなずいた。

「許す。この者は邪念を払うため、まことの剣を学ばねばならないからな」

六郎は鉄舟の言葉を頭《こうべ》をたれて聞いた。そして、いま自分は生涯の師と出会ったのだと思った。

翌日から六郎は山岡の屋敷に住み込み、朝早くから道場の拭き掃除、庭や門前の掃き掃除など労を惜しまず働き、かたわら勉学にも励んだ。そして道場に行って剣術の修練に努めた。

鉄舟は、六郎の誠実さに好感を抱いた。

年が明けて明治十年（一八七七）二月、東京に激震が走った。九州で西郷隆盛を擁した薩摩士族が決起した。西南戦争の勃発である。この報《しら》せに鉄舟は表情を曇らせた。

明治維新後、鉄舟に宮内省に入り天皇に仕えるよう強く勧めたのは西郷であり、鉄舟もまた西郷の勧めだからこそお受けしたのであった。

それほど肝胆相照らした西郷が反乱を起こしたことは、鉄舟にとって残念なことであった。西郷は明治六年に朝鮮への使節派遣をめぐる、いわゆる征韓論で岩倉具視、大久保利通との意見の相違で下野して薩摩にもどっていた。

征韓論騒ぎの前に西郷は鉄舟の屋敷を訪ねた。

一月の雪の日であった。西郷は蓑笠をつけ、草鞋《わらじ》を履き右手に太い杖をつき、左手に徳利と沢庵を提げていた。とても政府の高官と思える姿ではなかった。

このとき、西郷と鉄舟は沢庵を肴に茶碗についだ酒を飲みながら、時世を語り合った。

西郷が、

「日本の国はまだ寒い。少し熱をかけましょう」

と言えば鉄舟はにこりとして答えた。

「仰せの通り。外部を温めんとすれば、まず自らでござる」

そばにいた書生たちにはとりとめもない話にしか聞こえなかったようだが、二人には通じるところがあった。

その後、西郷は鹿児島で薩摩士族の教育を行う私学校をつくり、彼らの子弟教育に力を注いでいた。ところが政府は私学校を反政府集団とみなし、西郷に世話になった薩摩出身の大警視川路利良《かわじとしよし》が、鹿児島に密偵を潜入させたり、挑発行為を行ったりした。また、密偵が「政府は西郷の暗殺を計画している」と白状したので、私学校の生徒たちは激昂し、陸軍火薬庫を襲い弾薬を奪った。西郷は「しまった！」と言ったが、私学校派の政府への反感は爆発し、薩摩士族の決起となった。西郷もこの動きを抑えきれず、「おいの体はおまえたちに差し上げもんそ」と言った。そして、彼らは東京へ向け出陣した。

政府は、有栖川宮熾仁親王を征討総督として九州に派遣した。

西南戦争の報は日々新聞によって伝えられた。鉄舟は道場での稽古のあと六郎に話しかけた。

「お主は九州の人間だ。薩摩の決起をどう思うか」

訊かれた六郎は一瞬返答に窮したが、

「私の故郷の秋月では、すでに不平士族が決起し鎮圧されました。決起した者たちの中心人物は父の敵の一派でしたが、私と故郷を同じくする者が政府によって討伐され、そして美しい町並みが破壊されたと思えばやはり悔しくなります。間違っているでしょうか」

と言った。

鉄舟はわずかに微笑を浮かべて、

「わしは西郷さんという人を知っている。国のため命を捨てて悔いない人だ。決起したのは、政府に憤りを持つ薩摩士族のためにわが身を投げ出したのであろう。命もいらぬ、名もいらぬ、まして金など、という始末に困る人だが、こんな始末に困る人でなくては天下の大事は行えない」

と言った。

「では、西郷さんは敗れると先生はお考えなのでしょうか」

六郎が聞くと鉄舟はため息とともに、

「ひとは勝ち負けに生きるのではない。勝ち負けにこだわればおのれを見失う。ひとの生涯はただ一閃《いっせん》の光を放つことにある。西郷さんはいまおのれの生涯を懸けた光を放とうとしているのだ。まさに電光影裏《でんこうえいり》に春風を斬っているのだ」

と言った。

電光影裏に春風を斬るとは、鎌倉時代、幕府の第八代執権北条時宗に招かれ円覚寺を開いた宋僧の無学祖元に伝わる言葉である。

祖元が南宋の能仁寺《のうにんじ》にいたおり、元軍が侵攻してきた。元の兵士が捕えた祖元を斬ろうとしたとき、祖元は、

「この世はすべて空である、おまえがわたしを斬ろうとも空を斬るのだから、電光が光ると同時に春風を斬るようなものだ」

と一喝した。

元の兵士は祖元の気迫に恐れをなして逃げ去ったという。

鉄舟はこの逸話に深く感じ入り、後に自らの道場を、

——春風館
と名付けたのであった。

鉄舟の言葉は六郎の胸に沁みた。

ひとの生涯は、ただ一閃の光を発するためにあるのだとすれば、自分の生涯は、一瀬直久を討つことによって光を発することにあるのだと思った。


北進した西郷軍は熊本鎮台兵が籠る熊本城を攻撃した。そこで勝利した西郷軍はさらに北上し、南下した政府軍と熊本北方の田原坂で激戦を繰り広げたが、圧倒的な兵数と新兵器に優る政府軍が西郷軍を破った。政府軍の中には、戊辰戦争で理不尽に攻められたことに恨みを持つ会津の残兵がいて、薩摩兵に対する恨みは並々ではなく、突き進むその迫力は他藩の兵士に比すべくもなくすさまじかった。

西郷軍は、以後撤退を重ね追いつめられていった。彼らは進退窮まり、わずか数百の兵力となった。途中で「西郷札」を発行して生きのび、そして政府軍の包囲網をかいくぐり、九月一日に鹿児島にもどった。

しかし、鹿児島はすでに政府軍よって制圧されており、西郷軍は城山に立て籠るしかなかった。西郷軍は約三百人、包囲した政府軍は五万に達しており、すでに勝敗は決していた。

九月二十四日、政府軍は城山への総攻撃を行った。西郷始め、桐野利明、村田新八、池上四郎、別府晋介、辺見十郎ら百六十名が戦死し、半年に及んだ西南戦争は幕を閉じた。

西郷が自決したという報せを聞いた鉄舟は、黙したまま何も語らなかった。

明治十一年正月を迎え、六郎は二十一歳になった。

六郎は書生として働きながらも、熱心に剣術の稽古に励み、その上達ぶりは門人たちの注目の的となった。

山岡の書生として住み込んで暮らすようになって以来、六郎は道場が休みの日などには、東京に移り住んでいる旧秋月藩士に会って、さりげなく一瀬直久の消息を探った。一瀬は旧藩士の中では出世頭であったので、彼らは一瀬を話題にすることが多かった。したがって六郎が一瀬のことを尋ねても、彼らは特に気にした様子はなかった。

彼らの話によると、一瀬は依然として名古屋に居住しているが、同僚の足を引っ張るなど狡猾な振る舞いで、手柄をあげているようであるとのことであった。六郎は、名古屋に行くために山岡家から月々頂く手当を蓄えることにつとめた。

梅の花が散った頃、六郎は胸が躍るようなことを耳にした。一瀬が愛知裁判所勤務から静岡裁判所の甲府支所長に転じて、甲府に移り住んでいるというのだ。

甲府は東京から三十五里程で、四日もあれば行きつくことができる。一瀬の方から自分に近づいてきたように感じた。

六郎は、焦燥にかられ今すぐにでも甲府に行きたいと思ったが、――世話になっている先生に無断で立ち去ることはできない。しかも宮内省に出仕している先生に、同じ政府の官僚である一瀬を討ちに行くと告げては迷惑がかかるだろう――

と思った。やむなく、六郎は鉄舟の前に座り、

「申し訳ございません。稽古で腕を痛めました。治療のためしばらく湯治に行こうと思います」と言うと、
鉄舟は六郎を見つめて言った。

「痛めた腕を出してみよ」

六郎は戸惑いながらも、右腕を出した。昨夜のうちに自ら木刀を打ちつけて青あざをつけていた。

鉄舟は六郎の右腕を見つめ、

「なるほどな」

とつぶやいた。血を吐くほどの猛烈な稽古を重ねてきた鉄舟にとっては、わずかばかりの青あざは湯治に行く理由にはならないと言われると思って、六郎は目を閉じた。しかし、全てを見透かしている鉄舟は、穏やかに言った。

「よかろう。湯治に行って療養してくるがよい」

と告げた。六郎は身を縮めて言った。

「よろしいのですか」

「湯治に行きたいと言い出したのはお主ではないか。行かねばならぬわけがあるのだろう。そう決めたのであればわしは止めぬ」

鉄舟の言葉には思いやりが込められていた。鉄舟のやさしい目を見たとき、六郎の目から涙があふれた。

「先生、申し訳ございません。私は偽りを申しました」

「分かっておる。両親の無念を晴らしに行こうというのだろう」

六郎は正座し直し、

「相手は官員です。弟子である私が官員を討てば、先生にご迷惑をおかけすると思い、湯治に行くと言ったのです」

鉄舟は笑いながら、

「お主は、人として義を行おうとしているのだ。義を行うにあたって、相手が官員であるかどうかなど考える必要はない。ましてわしのことなど遠慮はいらぬ」

「お世話になりながら、申し訳ございません」

「何を言うか、お主が生きるにあたって、なによりも世話になってきたのは、天と地であろう。天地に恥じぬ生き方をするなら、申し訳ないなど思うことはいらぬ」

鉄舟は諭すように言った。六郎はうなだれて涙を流すばかりであった。

翌日、六郎は旅嚢の中に父の遺品である短刀をおさめた。鉄舟先生始め、門人たちに挨拶をすませた六郎は門を出ると、屋敷に向かってもう一度頭を深々と下げた。

甲州街道に出た六郎は、八王子から険しい小仏峠を越えて、山峡の細い道を進み、勝沼から甲府についた。

一瀬が所長をしているという静岡裁判所甲府支所の場所を尋ね回り、やっとその場所を探しあてたので、六郎はその近くの安宿にはいった。

宿屋の主人に聞くと、支所長の名は一瀬といい、支所の横の官舎に住んでいるということであった。六郎は宿屋の主人に、自分は支所長と同じ郷里の出身で、裁判所の雇員に採用してもらいたいと思っているのだと言った。裁判所や所長のことを聞いたことに不審がられないようにと思ったからであった。彼は翌日から、短刀をふところに入れ、官舎の近くに行って物陰からひそかに内部を伺った。門の中をのぞいて通りすぎたりもしたが、門内は森閑としていて一瀬の姿を見ることはできなかった。

六郎は、一瀬は必ずここに住んでいると思って、連日朝から夕方まで、官舎やその裏木戸にも注意していたが、彼を見つけることはできなかった。そして、一か月がむなしくすぎた。

宿に風呂がないので近くの銭湯に行って入浴していたが、五月のはじめ頃、浴客たちが裁判所の支所長さんは明日東京へいくらしいと話しているのを耳にした。

六郎は、今度こそ官舎から出てくる一瀬を見て襲うことができると思い、翌日朝から官舎を見守った。しかし夕方になっても門から出てくる者はいなかった。六郎は、一瀬は夜明け前に出立して東京へ向かったに違いないと思った。

翌朝早く宿を出た六郎は、足を速めて東京へ向かった。彼は茶店で休息をとる度に官吏一行が通らなかったか聞いてみたが、それらしき者たちを見たという人はいなかった。支所長といえども部下を伴わず一人で上京したのであろうと思った。

甲府に来た時より一日早い三日で東京に着いた六郎は、一瀬がどこにいるのか、旧秋月藩士のもとを歩きまわってそれとなく探ったが、一瀬が上京した気配は全くなく、銭湯で聞いた話は違うのではないかと思った。

もしかしたら、自分が一瀬を追っているということを知った一瀬が、部下を使って銭湯で自分に聞こえるように偽の情報を流させたのではないかと思った。

六郎は、ためらうことなく再び甲府へ向かった。そして裁判所近くの、前回とは違う商人宿に入った。商人宿は客が頻繁に入れ替わるので目立たないと思ったからであった。

梅雨になり連日雨であった。六郎は傘をさしながら終日支所と官舎を見張ったが、相変わらず一瀬を眼にすることはできなかった。

やがて、路銀が乏しくなったので、悔いは残ったがやむを得ず東京に帰ることにした。

山岡鉄舟の屋敷を辞してからすでに三か月が過ぎていた。鉄舟先生に、再度書生としておいていただくようお願いすれば、許してもらえそうな気がしたが、六郎はそれができなかった。みじめな気持ちを素直に話す勇気が出なかったのである。金が尽きたので日雇い仕事でその日暮らしをしていたが、仕事がない日もあり食事にありつけない日もあった。

六郎は、日雇い人夫がたむろする安宿で暗澹とした気持ちで過ごした。秋月にいれば、養父や祖父とともに一応恵まれた生活ができるのに、今は浮浪者のような生活をしていることを思うとすっかり気持ちが萎えて、叔父の上野四郎兵衛のもとに行って、帰郷したら返済すると言って路銀を借り受け秋月へ帰ろうと思った。

しかし六郎は、四郎兵衛の家の近くで足を止めた。首を断たれ口が半開きになった父の頭と血まみれになった母の姿が眼の前に浮かんだ。人間としてこれほどむごたらしい死に方はなく、それを子である自分や妹のつゆをはじめ、肉親、親族、雇人たちの眼にさらした両親が哀れで、その恥辱をはらさなければ、自分は子として生きていく資格がない、食べるものがなく寝る所がなくとも、なんとしてでも敵を討たずには死にきれないと思った。

六郎は、踵《きびす》を返して今来た道をもどった。

寒さが身にしみるようになった十一月下旬、日雇い仕事の雇主から思わぬ話があった。六郎は読み書きが巧みで、小学校の教師、山岡鉄舟の書生をしていた前歴があるのを知った雇主は、埼玉県熊谷の裁判所の雇用員に欠員があるので、それに応じる気はないかと六郎に言った。

七円という薄給ではあったが、六郎は喜んでその話を受け、雇主の紹介状を手にして熊谷に行き、面接をうけ雇員に採用された。

年が明けて明治十二年を迎えた。六郎は熊谷で仕事に精励した。何より肉体労働から解放されたのが嬉しかった。雇員とはいえ、勤務ぶりが認められれば正式の所員となり、さらに上級職に昇進する道が開かれているようであった。

厳しい寒さが緩み、梅が散り、桜が咲いた。

その頃から六郎は、日々の暮らしは安定しているものの、熊谷に居続けることに焦りを感じだした。東京にいる折には、旧秋月藩士たちから一瀬の消息を聞くことができたが、熊谷では全くそのような機会がない。一瀬はまだ甲府にいるのか、それとも他の地に移ったのではないだろうかと思うとじりじりとしてきた。

生活を切り詰めていたため、ある程度の貯えが出来ていたので、七月になって熊谷裁判所の職を辞することとした。突然の辞職願の提出に上司は驚いて理由を尋ねた。六郎は、故郷の祖父が病の床についたので、急ぎ帰郷しなければならないと偽りを言った。

六郎がその時期に辞職したのは、官吏は交替で暑中休暇をとるのを習わしとしていることを熊谷裁判所で知ったからである。一瀬も甲府にいるとしたら、熊谷裁判所の判事と同じように、息抜きのために上京するのではないかと思ったからであった。六郎は、急ぎ熊谷をはなれ東京にもどった。

酷暑のなか、六郎は汗にまみれて毎日一瀬の動向を探って歩き回った。しかし、その気配は全くなく休暇の時季も終わった。

六郎は、再び日雇いの仕事を探して働き、暮らしを切り詰めて蓄えた金が減らないよう努めた。

そのうちに、六郎が読み書き算盤《そろばん》に長けていることを知った雇主が、帳簿付けを頼んだのでそれを受けた。暮らしは安定し、月に二日の休みの日には旧秋月藩士のもとに行って、一瀬の消息を探った。

一瀬は依然として甲府支所にいると思われたが、六郎は二度にわたって甲府に行き、三か月間にわたって探したのにその姿を見ることができなかったのが不思議であった。最初に甲府に行ったとき、裁判所の場所と支所長は一瀬という人かということを聞いて回ったことが一瀬の耳に入り、自分を狙っている者がいると思って身を隠しているのだろうかと思った。それにしても支所と官舎から全く外に出ないことなどできるだろうか、運悪くめぐり会わなかっただけだろうかと思った。

六郎は十一歳のとき、父の寝首を掻いたのは山本克巳であると藩校の稽古館で知った。そのとき養父に「下手人は山本克巳、必ず父の敵を討ちます」と言った。その時、養父の助太夫が、「めざす敵を探し回っても巡りあえず、いたずらに歳月を費やして帰るに帰れなくなり、そのうちに意欲も気力も失って朽ち果てた者が何と多いことか。首尾よく本懐を遂げた者は少ない」

と言った言葉が身にしみた。

しかし六郎は、「天網恢恢疎にして漏らさず」という稽古館で学んだこの言葉を思い出し、天は自分の復仇の一念を必ずかなえてくれるはずだ、焦らずその時機がくるのを待とうと思った。

そして、深夜、部屋の中で短刀を抜き素早く突き刺す稽古を繰り返した。

明治十三年の年が明け、二十三歳になった六郎は父亘理に似て長身で、骨格もたくましく、顎が張って意志の強い顔つきとなった。

一瀬は相変わらず甲府にいるようであった。六郎は何度も甲府に行きたいと思ったが、三か月かけても見つけ出せなかったので、また徒労に終わる気がして取りやめた。

春や夏が過ぎ、秋も深まった。六郎は時々激しい苛立ちをおぼえ、気持ちを抑えきれなくなった。その時は短刀を抜き一瀬の左胸に突き刺す練習を繰り返し、その刃をみつめた。

六郎は十一月中旬の休みの日に、長い間会っていない旧秋月藩士の手塚祐《たすく》の家へ行った。手塚は文部省の小吏をしていて、鼻の下に官員流行《はや》りの髭をたくわえていた。

挨拶を終え雑談となった。秋月出身の在京者のことが話題になったが、不意に手塚の口から一瀬直久の名が出て、六郎は緊張した。

手塚は、一瀬直久が静岡裁判所甲府支所長から東京上等裁判所勤務の判事に転じ、本芝三丁目の屋敷に住んでいると言った。

「一瀬殿が秋月出身者の中では出世頭と言っていいだろう。なかなか仕事のできる人物とのことだ」

手塚は讃嘆するような口調で言った。

六郎は、心中を悟られないようさりげなく合槌《あいづち》を打った。しばらく雑談をしたのち、早々に手塚の家を辞した。

六郎は、自分の住んでいる東京に一瀬がやって来たことに興奮し、胸の動悸が高まった。一瀬の方から自分に近づいてきたのは、天の配慮によるものだと思った。

六郎は、一瀬が東京に住むようになった以上、旧秋月藩主黒田長徳の屋敷に顔を出すに違いないと思った。

長徳は、廃藩置県により新政府によって東京に移住させられて、もと旗本の屋敷であった京橋の三十間堀三丁目にある屋敷に住んでいる。

その屋敷の中に長徳が住む家屋のほかに別棟の家屋があり、鵜沼不見人《ふみと》が家扶として住み、長徳の来客のとり次ぎや家計等に携わっている。鵜沼は六郎の伯母の長女ワカを妻としているので、六郎とはいわば縁戚関係になる。六郎は、上京後叔父の四郎兵衛に連れられて鵜沼を訪ねたことがある。

その折の話では、在京の旧秋月藩士たちは長徳の御機嫌伺いに参上し、長徳もそれを喜ぶとのことであった。そこで旧藩士たちは鵜沼の住む家屋の二階を一種の集会所のように利用して、長徳の拝謁《はいえつ》を許されている者は雑談をしたり、囲碁をしたりしてその時間まで過ごすとのことであった。拝謁の予定がない者もお互いの情報交換のためによくやって来ると言っていた。


仕事が休みだった十二月十七日は晴天だったので、六郎は久しぶりに鵜沼に会い、一瀬が来ることがあるのか否かをそれとなく探ってみようと思い、三十間堀の長徳の屋敷へ行った。屋敷の門を入り右手にある鵜沼の住む家屋に行き、奥に声をかけると、初老の下男が出てきて鵜沼は不在であると告げた。妻のワカは二階で幾つかある火鉢に炭を足しているとのことであった。

六郎は、鵜沼の帰りを待とうと考え、階段をあがった。

ワカは、にこやかに、

「あら、めずらしい」

と言って六郎を迎えてくれた。しばらく雑談をしていると外出からもどってきた鵜沼が二階にあがってきた。ワカは階下におりた。

六郎は、鶉沼に無沙汰を詫び、火鉢に手をかざしながら秋月にいる親族たちの消息を語り合った。鶉沼は、六郎の両親が殺害された後、かなり経ってから伯母の長女ワカと結婚しており、事件のことは詳しくは知らないので、六郎には心安かった。

と、そのとき、階段をのぼってくる足音がして、障子が開いた。

六郎は、一瞬、上半身が凍りつき、顔から血の気が引くような気がした。やって来たのは、忘れもしない顎がとがった顔つきで、二回も甲府に行き三か月間探しに探した一瀬であった。

一瀬は鶉沼に軽く会釈したが、幸い六郎には気づいていないようであった。そして、部屋の隅の火鉢の横に座った。屋敷に来るとこの二階の部屋に必ず来るらしく、鶉沼とも特にあらたまった挨拶はしないようであった。誰かが来るのを待っているのか、火鉢に手をかざし、無言で壁の方に眼を向けていた。上等裁判所の判事らしい風格があり、威厳もあった。とがった顎を隠すためか濃い髭をたくわえていた。

鶉沼は一瀬のいる火鉢に行って、改めて軽く会釈をして、炭を加えた。

六郎は、懐中の短刀を確認した。一瀬が現れたのは天が与えてくれた好機だ、天網恢恢疎にして漏らさずとはこのことだと思った。これを逃しては父の恨みを晴らすことはできないと思うと、首を絶たれた父の顔が眼の前に浮かんだ。

六郎は、飛びかかって一気に一瀬の左胸を刺そうかと思ったが、鶉沼が驚いて自分を押さえ込むに違いないと思い、落ち着くのだ、落ち着くのだと自分に言い聞かせた。一瀬が一人になる時が必ずやって来る、とはやる気持ちを抑えた。

すると、にぎやかな声とともに階段をのぼってくる足音がして、障子が開いて若い二人の男が入ってきた。六郎は、そっと彼らの顔を盗み見した。彼らの顔に見おぼえがあったが、二人は六郎に気づかなかったようであった。

六郎は、二人が加わったことに失望した。二人は一瀬と同じ火鉢の側に座り、一瀬にうやうやしく頭を下げた。一瀬は二人と親しいらしく表情をゆるめて談笑している。

「今日は殿様にご拝謁いただくつもりだ」

一瀬が言うと、二人は、

「私たちもご一緒させてください」

と言った。

六郎のいら立ちは募った。一瀬に突進しても二人にさえぎられ、傷つけることはできても殺すことはできないだろう。それではなんの意味もなく、熟睡している父の寝首を掻いた一瀬を確実に殺さなければ、父は浮かばれないのだ。

旧藩主に挨拶した一瀬は、屋敷を出て帰路に着く、談笑している二人とも別れて一人になるだろうから、それを見はからって襲おうと思った。

そのとき一瀬が、急に思い出したように懐から一通の封書を取り出すと、

「これを郵便函に入れるのを忘れていた。下に行って下男に頼んでくる」

と言って、腰をあげた。

鵜沼が、

「私が下男に頼んで郵便函に入れさせましょう」

と、手をさし出した。

同時に側にいた二人が、

「いや、私が」

と、それぞれ一瀬に声をかけた。若い二人は、判事である一瀬に敬意をいだいているようであった。

一瀬は無言で手を顔の前でふり、階下へおりていった。

今だ、と六郎は思った。すぐに立ち上がりたかったが、それでは後を追うようで、両膝をつかんで耐えた。

しばらくして、

「厠《かわや》は下でしたかね」

六郎は、誰に言うともなく腰を上げ、障子の外に出た。落ち着くのだと自分に言い聞かせ、階段を慎重にそして静かにおりた。

階段の下の側に小部屋があり、屏風が立っていた。六郎は素早くその陰に隠れた。

下男に封書を渡した一瀬は、二階に行くため必ずこの階段を使うのだ。外套を二階に置いたままであるので、それは間違いないと思った。六郎は、懐から短刀を取り出し帯にはさんだ。

玄関の方から廊下づたいに一瀬が現れ、階段に足をかけようとした。

そのとき、六郎は屏風の陰から飛び出し、短刀を抜き右手にしっかり握り、

「父の敵、覚悟！」

と叫んだ。

振り向いた一瀬は驚いて顔色を変え、玄関の方へ逃げようとした。六郎は一瀬の着物の衿をしっかりと左手でつかみ、こちらを向いた一瀬の左胸を刺した。

一瀬の顔がゆがみ、強い力で六郎につかみかかってきた。六郎は再び胸に短刀を突き刺した。

一瀬は、

「ウ、ウー」

とうめき声をあげ、なおも六郎の体にしがみついてきた。

六郎は、一瀬の左足に自分の右足を外掛けにかけて引き体を押し倒した。仰向けに倒れた一瀬の体に馬乗りになると、短刀を逆手に持ちかえ咽喉を突き刺した。血が六郎の顔に飛び散った。六郎は、さらに咽喉に何度も何度も突き刺した。


六郎をつかんでいた一瀬の腕が離れ体が動かなくなったので、六郎は立ち上がり一瀬を見下した。胸と咽喉からおびただしい血液が流れ出ていて、一瀬を確実に殺害したと思った。

六郎は、思いのほか自分が冷静であることを自覚した。そして、鵜沼のことを思った。家を血でよごしたことを詫びなければならないのだ。二階にあがろうとしたが、二階の二人が階下の出来事に気づいて危険を感じたのか、階段が引き上げられていた。

六郎はやむなく、短刀を鞘におさめて手拭いでまき、血がおびただしく付着した羽織を脱ぎ捨てた。ワカは外出したのか土間の台所には誰もいなかった。六郎は、甕《かめ》の水を手桶に入れて、手と顔を洗って玄関から出ようとしたとき、

「六郎、なにをしたのだ」

声の方を振り向くと、顔を蒼白にした鵜沼が二階からこちらに眼を向けていた。

六郎は、

「父の敵を討ちました。御家を汚したことは誠に申し訳ございません」と言って頭を深くさげた。

六郎は屋敷の門の方へ歩きだした。父の怨みを晴らしたと思うと、急に熱いものが突き上げてきた。

門の外に出ると、からの人力車が通りかかった。呼び止めて乗った六郎は、

「近くの、警察に」

と言った。

「警察署に行くのでございますか」

「ああ、たったいま人を殺した。自首するのだ」

六郎が言うと、

「ようがす」

と言って車夫は梶棒を握った。六郎を乗せて人力車が動き出すと、車夫は走りながら聞いた。

「旦那、わたしも人を殺したばかりのお客さんを乗せたのは初めてです。もしよければ、なぜ殺したのか教えてもらえませんか」

「父の敵を討った。ただそれだけのことだ」

車夫は大きくうなずいて、

「良かった。それでは旦那は極悪非道の人殺しではありませんね。あっしの倖で警察まで行くのは、親の敵討ちを果たしたお侍の花道というわけでございますね」

車夫は嬉しげに言った。

「花道などというものではない。人を殺した者がたどらねばならない茨の道だ」

六郎は答えて空を見上げた。黒田屋敷に着いた頃には晴天であったが今はどんよりとしていた。


人力車が止まったのは、第二方面第一分署の幸橋外分署であった。

六郎は分署に入り、署員の前に立つと、父の敵である一瀬直久を刺殺したと告げ、手拭いに包んだ短刀を差し出した。署員があわただしく奥に入り、分署長が出てきた。六郎は再び一瀬を殺したことを述べた。無言で聞いていた分署長は、殺害した場所が旧秋月藩主の屋敷内であることを知ると、管轄違いであると言って、署員に第一方面第三分署の京橋警察署に連れていくよう命じた。

六郎は、署員と京橋警察署に行き、署員に引き渡された。署員たちの動きはあわただしく、署員が鵜沼の家に向かって殺害現場の確認をし、一瀬の遺体を検視した。

六郎は、京橋警察署に留置された。


六郎の一瀬に対する復讐は敵討ちとして人々の注目を浴び、事件後七日経った十二月二十四日には、「日本最後の敵討ち」という見出しで新聞記事となって広く世間に知れわたった。

階段をのぼりかけた一瀬を襲う六郎を絵にした新聞もあった。

六郎が一瀬を殺害したことは在京の旧秋月藩士の間にたちまち広がり、叔父の上野四郎兵衛から六郎の生家に伝えられた。祖父の儀左衛門は、ことのほか喜び、

けふといふ今日は雲霧はれ尽し
　富士の高嶺を見る心地せり

と歌によんだ。


年があらたまって明治十四年になり、六郎に対する本格的な取調べが始められた。

六郎は、取調べに対して父母が斬殺されたことから復讐を決意し、上京後甲府へ二度行ったが探し当てることができず、失意のうちに東京へ帰ったが、ついに一瀬と黒田屋敷で遭遇し、刺殺にいたった経過を詳細に陳述した。六郎の携帯品の中には折々にしたためた覚え書きがあって、行動した日時も確認された。六郎の陳述書は膨大なものであった。

世間では、十二年間の臥薪嘗胆《がしんしょうたん》、艱難辛苦《かんなんしんく》の日々を経て敵を討った六郎を「孝子の鑑《かがみ》」として褒めたたえ、さらに高官として名高い山岡鉄舟の門下生であったことから更に評判は高まった。

しかし、取調官は世間の評判を考慮せず六郎の取調べにあたった。六郎は、仇討禁止令が明治六年

四月に公布されていることについて聞かれ、全く知らなかったと答えた。取調官は知らないはずがないと執拗に追及したが、六郎は、秋月の田舎では情報が届きにくいので、知る由がなかったと言った。

そして取調官は、六郎が一瀬直久を敵とねらったことについて、一瀬が六郎の父を殺害したという確かな証拠がないので、それについての調査として秋月に調査員を派遣し、それが事実であることを確かめた。

また、六郎が凶行に及んだのには、取調官は誰かそそのかした者がいたのではないかと疑い、師である鉄舟のもとにも出張して、それとなく質した。もちろん鉄舟は六郎をそそのかすはずもなく、六郎の意志による犯行であると断定された。

また、縁戚関係にある黒田家の家扶鵜沼不見人が、一瀬が屋敷に来る日を知っていて六郎を手引きし、六郎の復仇の一念を果たさせたのではないかとも疑われたが、それもそのような事実はないと判定された。


夏になり、六郎の裁判が東京上等裁判所で始められた。六郎は、判事の職にあった一瀬を殺害したことは死罪に相当するものと覚悟していて、被告席にあって終始冷静に質疑に応じた。

六郎は最終弁論で、母を殺害した秋月藩士萩谷伝之進を裁判にかけ、厳刑に処して欲しいと嘆願したが、これは取りあげられることはなかった。

九月二十二日、判決が下された。

言　渡　書

福岡県筑前国夜須《やす》郡野鳥《のとり》村四百七十八番地

士族

臼井慕（助太夫）長男　臼井六郎

「其方儀……右科改定律例第二百三十二條ニ依リ、謀殺ヲ以テ論シ、士族タルニ付改正閏刑律ニ照シ……禁獄終身申付ル」

明治十四年九月二十二日

東京裁判所

仇討禁止令が公布されてはいるものの、「士族タルニ付」という文字には、武士が敵討をするのは古くからのしきたりという意味合いが含まれていて、死刑に相当する罪ながら終身刑とされたのであった。

六郎はただちに石川島監獄署に収監され、続いて小菅の東京集治監《しゅうちかん》に移監となった。

六郎は柿渋色の獄衣を着て集治監で日々を送ることとなった。

集治監には、西南戦争等の内乱で捕えられた政治犯たちが多数収容されていた。彼らは犯罪人ではないという誇りがあったので、看守に反抗する者が多かった。

六郎は彼ら政治犯とはできるだけ接触しないように努めた。

「日本最後の敵討ち」をした臼井六郎の名は集治監でも広まっていたので、何かと話しかけられるのが面倒だった。中には六郎を反政府活動に引きずり込もうとする者もいた。そんな相手に六郎は、

「わたしは政府に抗《あらが》うつもりはありません」

と言った。相手は、

「しかし、あなたは上等裁判所の判事を殺害した。もはや政府に抗して生きる道しかありませんよ」

と言うと、六郎は静かに、しかし強い口調できっぱりと答えた。

「生きる道はここで煉瓦を造ることしかありません」

相手は不服そうな顔をしたが、六郎が山岡鉄舟の弟子であり、敵討ちをしたばかりの男だと思うと、気圧されたのかそれ以上は何も言わなかった。


そうした中で、六郎は、集治監の囚人規則を忠実に守り、煉瓦造りの作業にはげみ看守に好感を持たれていた。

時々名を秘して、衣類、食物等の差し入れがあった。それは、六郎に同情していた山岡鉄舟からのものであった。

山岡と同様の感情をいだく者は多く、海軍卿や参議の職に就いた後に野に下った勝海舟は、山岡と親しいこともあり山岡に書簡を送った。そこには、六郎の行為は「実に哀憐すべき」もので「同情を寄せざるを得ず」とし、人情浮薄となるような政治を進める政府に、「大きな刺激を与える美しい行為だ」と記されていた。敵討については新しい律例が出来ても、美風だという江戸時代の風潮は残さ

れていた。

六郎は、模範囚として日々を過ごした。

叔父の上野四郎兵衛からも差し入れがあり、手紙も送られてきた。手紙には、あれだけ敵討ちを諦めるよう言った四郎兵衛が、六郎が悲願を叶えたことを褒めたたえ、死罪を免れたことに安堵していると書いてあった。四郎兵衛の手紙の文章には、六郎に対する深い愛情が込められていて、六郎は受け取るたびに涙ぐんだ。

服役して二年後、四郎兵衛の手紙で祖父儀左衛門の死が伝えられた。またその二年後には祖母冬の死も知った。八十四歳と八十歳であった。

さらに、養父助太夫の死も報《しら》され、六郎は故郷の秋月が急に遠い地になったと思った。残されたのは妹のつゆのみで、つゆは親戚の家に世話になることになったので、臼井家の屋敷は無人となった。

六郎は、潮が干《ひ》いてゆくような寂しさをおぼえた。

また、二十一年夏には、四郎兵衛の手紙で山岡鉄舟先生の死を知った。精神的な支えであった先生の死に六郎は悲しみに覆われ、すぐにでも師のもとに飛んでいきたかったがそれも叶わず、今の境遇をうらんだ。六郎は、思いの丈をすべて書きこんだ悔みの手紙を英子夫人に送った。

明治二十二年二月十一日、大日本帝国憲法が公布され、国家の形態が確立したとして、各種の祝賀行事が盛大に催された。それにともなって、勅令第十二号により大赦令が発令された。それは、西南戦争をはじめとした内乱によって捕えられた国事犯の囚人たちを解放することを目的としたもので、それに付随して一般の囚人にも恩恵をあたえる大規模な恩赦であった。該当する多くの囚人たちの中に、六郎も含まれていた。

六郎に対する恩赦の審査が行われた。囚人規則を忠実に守り、煉瓦造りに励み、看守に好感を持たれていたため、その年の十一月六日、東京軽罪裁判所検事渥美友成名で政府から特赦が与えられたことが通告された。その特赦状には、

「禁獄終身囚臼井六郎　特典を以て本刑に一等を減ず
明治二十二年十月三十日
内閣総理大臣　三条実美」

と記されていた。禁獄終身刑から罪一等を減ずるということは、禁獄十年への減刑を意味していた。

六郎は、集治監で残された刑期を勤めあげ、翌々年の明治二十四年九月二十二日朝、東京集治監から釈放された。三十四歳であった。

その日は晴天で、集治監から出た六郎は久しぶりの明るい陽光に、眼がくらみそうであった。

イギリス宮殿風の集治監のいかめしい外門の前には、叔父の上野四郎兵衛が出迎えていて、傍らに

二人の書生風の男が立っていた。

男たちは頭を下げて神妙な表情で近づいてくると、それぞれ出獄の祝いの言葉を述べ、思いがけない申し入れをした。彼らは活世界《かつせかい》社の社員と名乗り、山岡鉄舟夫人の意を受けて来たと言い、今夕午後四時より本郷根津にある料亭神泉亭で六郎の慰労会を催すので、是非出席して欲しい、と言った。鉄舟夫人が多くの人を招いているという。

集治監から出たばかりでそのような申し出を受けたことに、六郎は途惑った。慰労会とはどのようなものなのか、出席することに強い逡巡をおぼえた。

しかし、服役中、鉄舟先生はもとより夫人からも心のこもった差し入れをしばしば受け、申し出を断るわけにもいかなかった。

「お受けしたらよい」

四郎兵衛が言葉をかけ、六郎は承諾した。

二人は喜んで去っていった。

六郎が四郎兵衛の家に着くと、四郎兵衛の妻がにこやかに迎えてくれた。

四郎兵衛は郵便局に行って、親戚の世話を受けている妹つゆに六郎出獄の電報を打った。

六郎は、四郎兵衛夫妻にうながされて、慰労会に出席するため長く伸びた髪を切り、銭湯に行って体を清めた。さらに四郎兵衛から衣類を借り受け身につけた。

やがて、活世界社の社員が人力車を雇って迎えにやって来た。六郎はそれに乗って根津へ行った。

神泉亭は豪華な構えの料亭で、二階の大広間に入ると酒席が設けられていて、多くの正装した人たちが並んで座っていた。六郎の姿を見た人々の間から拍手が起こり、恐縮した六郎は両手をついて頭を下げた。

鉄舟夫人が近寄ってきた。六郎は平伏して獄中に差し入れをしていただいた礼をうわずった声でのべ、さらに鉄舟先生が亡くなられたことを獄中で知り、驚き悲しんだことを口にした。夫人は夫が生きていて、六郎さんの今日の出獄を知ったらどんなに喜んだことでしょうと言った。

傍らで二人の挨拶が終わるのを待っていた活世界社の社員が、六郎の腕をとり、躊躇する六郎を正面の席にむりやり座らせた。六郎は身を固くした。

社員によって列席者の紹介があり、六郎はさらに体を固くした。

自由民権運動の指導者大井憲太郎、国会議員として名高い星亨《とおる》、貴族院議員原田一道、その他大学の教授、学生たちであった。

大井につづいて星、原田が立ち、それぞれ六郎が長い牢獄の労苦を経て出獄したことを祝う言葉を述べた。敵討ちが法的に禁止されているとは言え、敵討ちは武士道の真髄であり、父の怨みをはらすため食べ物に事欠く生活に耐えながら遂に悲願を達成したことはまことに賞賛すべきであり、国法に従順にしたがって牢につながれ、模範囚として釈放されたことはめでたい限りだ、と言った。

その祝辞の間、列席者からしばしば拍手が起こり、六郎はその都度頭を下げた。

それより酒宴になり、なごやかな雰囲気になった。六郎も酒をすすめられ、頭を下げることを繰り返しながら杯をかたむけた。

余興として、剣術の道場をひらいている伊庭想太郎の門人が白刃による撃剣を披露し、宮原岩太郎が、「一の谷」「桜井決別」の薩摩琵琶を奏し、宴は賑わいをきわめた。

獄舎の生活に慣れ、また秋月でもこのような宴席の経験のない六郎にはあまりにも刺激が大きく、さらに長年口にしなかった酒も飲んで半ば放心状態であった。

午後十時に散会となり、六郎は意識が朦朧とした状態で鉄舟夫人や主だった人々にお礼を述べた。そして、活世界社の社員が呼んでくれた人力車に乗り四郎兵衛の家にもどった。


翌日は雨で、六郎は病人のように寝て過ごし、夕方になってやっと起きた。すぐに夕食の時間となり、四郎兵衛夫妻と向かい合って、その日初めての食事をとった。四郎兵衛は六郎の出所祝いだと言って酒を飲んだ。六郎は昨日充分に飲んだと言って遠慮したが、四郎兵衛に勧められたので有難く頂いた。

六郎は、問われるままに昨日の宴の様子を話し、四郎兵衛は、六郎の入獄中に死亡した祖父、祖母、養父の葬儀のことについて語った。

それから、四郎兵衛の話は秋月の人たちの消息に及んだが、その話に六郎は身を固くして聞き入った。

六郎が一瀬直久を刺殺し敵討ちを果たしたことは、秋月とその周辺の村々に広がり、人々は臼井亘理夫婦が殺害された日のことを再び思い起こし、六郎が秋月をはなれて苦労のすえ、直久に復讐したことを美挙として褒めたたえた。

このような雰囲気の中で、山本家（一瀬家）は次第に追い込まれていった。

敵は一般的に悪人とされていて山本家に注がれる眼は急に冷たいものになった。

当主である直久の父亀右衛門は、直久が臼井亘理を襲った当初から愚かしいことをしたと嘆いていたが、六郎が直久に復讐したことを耳にして錯乱状態に陥った。直久が敵として討ち取られたことを家門の恥辱と考え、さらに息子を失った悲しみも大きかった。

六郎の裁判の経過と結果がつぎつぎに秋月に伝えられ、六郎が禁獄終身囚として小菅の東京集治監に収監されたことを知った亀右衛門は、翌年の五月十八日午前七時頃、自宅の厠《かわや》で首を吊っているのが発見された。これは新聞にも「一瀬直久の父縊死《いし》す」という見出しのもとに報じられた。

それを聞いた六郎には気の毒にという感情はすこしも湧かなかった。直久は、臼井家に忍び入り、熟睡していて抵抗もできぬ父を殺害し、首も斬り落とし持ち去った。そのようなむごたらしい殺し方をした直久の行為への報いは、その血族も負うべきで、亀右衛門の死は当然だと思い溜飲が下がる思いすらした。

また、母を惨殺した萩谷伝之進のことを思った。父を殺した一瀬直久の行為は、一応、考え方の違いから出たことだとも言えるが、母にはそのようなことは無関係で、抵抗する術もないのだ。血に染まった母の姿がよみがえり、激しい怒りがつきあげてきた。

裁判で萩谷の処罰を願ったが入れられなかったので、自分の力で復讐する以外にないと思った。秋月にもどって萩谷をなぶり殺しにするのだ。捕えられれば、度重なる殺人で死刑に処せられるに違いないが、もとより覚悟の上であると思った。

六郎は、獄舎生活の疲れをいやすため、四郎兵衛の家にしばらく世話になろうと思った。体にこれといった不具合なところはなかったが、長年獄舎に閉じ込められていた体や心の状態が、急激に変わっていた明治の世についていけそうもないと思ったからである。

今はただ時の流れに身をまかせ、心身とも正常にもどり、早くこの世になじむことができるようになることを願うばかりであった。

六郎は、服役前に貯えた金と、政府から出所後の生活準備金のため獄中での作業に対する若干の賃金を受けていたので、その一部を食費として四郎兵衛に差し出した。が、文部省に勤めている四郎兵衛の地位もあがっていて、そのような心づかいは無用と笑って受け取ろうとしなかった。

六郎は、山岡鉄舟夫人に慰労会を催していただいた礼状を出したが、夫人のもとに行くことはしなかった。温情家の夫人は、まとまった金を渡してくれそうな予感がし、無心に訪れたと思われたくなかったからである。

十月中旬の夕方、役所からもどってきた四郎兵衛が郵送されていた一通の手紙を読み、それを無言で六郎に渡した。

秋月の親族から四郎兵衛に送られてきたもので、読み終えた六郎は、手紙を手にしたまま動けなかった。

手紙には、萩谷伝之進の死が書いてあった。

伝之進は、名を静夫と改め、臼井亘理夫婦殺害事件後、周囲の批判にさらされていた。女性を殺したことは武士にあるまじき行為だと人々はささやき合い、萩谷自身もそれを意識し、人目につかぬよう暮らしていた。萩谷の手首には、六郎の母が嚙みついた傷痕が残っていた。

萩谷の精神状態に変化が生じたのは、六郎が一瀬直久を刺殺したという話が秋月に伝えられてからであった。萩谷の顔色は極端に悪くなり頰もこけた。家に閉じ籠っているかと思うと、深夜に突然家を飛び出して城下をおびえたように走りまわる。寝床から飛び起き、六郎が来る、六郎が来ると叫んだりした。

服役した六郎が出所したと伝わると、萩谷の行動はさらに乱れた。短刀を常に所持し、絶えず辺りを窺う。そのうちに物置にあった藁《わら》の俵《たわら》に入った籾殻《もみがら》灰に頭を突っ込み、窒息死しているのが発見された。九月末日の朝であった。

六郎は、手紙を手にしたまま瞑想した。

萩谷の死亡により母の怨みをはらせたことにはなる。しかし萩谷は狂死したもので、自分が手を下した死ではない。六郎は、母を殺した萩谷の命を自分の手で奪いたかった。それが、これからの六郎の唯一の願いで、今後の自分の生き甲斐だと思っていたが、萩谷の狂死でその願いもむなしくなったのを感じた。

六郎は、体から一度に力が抜けて、放心したように座り込んだ。

それから、六郎はうつろな表情で日々を過ごすようになった。

一瀬直久は討ち果たし、萩谷は死んだ。六郎は、自分は本当に勝ったのだろうかと思うようになった。

六郎は、大陸へ行けば希望を持って生きていける何かを見つけることができるのではないかと思い、上海へ渡り南京まで足を延ばしてみたが、これといったものも見つけることができず失意のうちに帰国した。


明治二十七年七月、日本と清《しん》国との間に戦争が起きた。いわゆる「日清戦争」である。

この頃朝鮮では東学党の乱など農民の反乱が相次ぎ、日本と清国がそれぞれ鎮圧のためと称して出兵した。

朝鮮の農民反乱が沈静化すると、朝鮮に野心を持つ両国の緊張が高まった。

清国との戦いの火蓋がきられ、日本は黄海海戦で清国海軍を撃破した。北洋艦隊が全滅した清国は、明治二十八年三月下旬から李鴻章《りこうしょう》が下関での講和会議に臨み、四月十七日に講和条約に調印した。

この戦争で、日本は当時の国家予算の二倍にあたる三億一千万円の賠償金や遼東半島、台湾などの割譲を得た。

これによって、日本は列強の仲間入りを果たしたのであるが、ロシア、ドイツ、フランスによる「三国干渉」によって、遼東半島を清国に返還せざるを得なくなった。

そこで日本は、圧力を増すロシアに対するため軍備を拡充していった。


明治三十四年六月下旬、六郎は新聞で星亨が暗殺されたことを知った。

星は、六郎が出獄した夜、慰労会に出席してくれた忘れがたい人で、その後逓信大臣にもなった政界の要人であった。

六郎は、星を刺殺したのが伊庭想太郎であるのを新聞で知って茫然とした。慰労会の余興で伊庭の門下生が撃剣を披露したが、その伊庭がなぜ星を暗殺したのか。新聞には政治上の対立によるとされていたが、慰労会の宴席で隣に座って酒をついでくれた星がすでにこの世にいないことが悲しかった。

その年の九月、六郎は、伊庭が裁判で無期徒刑に処せられ、東京集治監の獄に下ったことを知った。

日本と強大国ロシアとの国際情勢は更に緊迫化し、人々は脅威をおぼえ、空気は重苦しかった。路上では壮士風の男がロシア恐れるに足らずと演説する姿がみられ、新聞にも大学教授たちのそれに類する声明が発表されたが、六郎は暗い気持ちになった。

六郎の父、臼井亘理たちの時代には、迫りくる外国の脅威にどう立ち向かってどう防ぐのかを議論し、開国か攘夷かの方針をめぐって血を流して争った。今の日本は、外国をどう攻めるのかで争っているのだと思うとやるせなかった。

そして六郎は、父や盟友であった中島衡平、尊攘思想を初めて秋月に持ち込んだ海賀宮門、戸原卯橘たちのことを思った。

明治三十七年二月、日露戦争が勃発した。予想に反して日本は、革命進行中で勢力が統一されていないロシア軍を圧倒し、町々は沸き立った。勝利の報せがつづき、人々は熱狂して祝勝の提灯行列を行った。六郎はそれを醒めた眼で眺めていた。

その年の秋、六郎は横浜から船に乗って九州の門司へ行った。妹のつゆが小林利愛に嫁いで門司の栈橋通りに住んでいるのを知り、唯一の肉親であるつゆに会いたくなったのであった。

つゆは三十九歳になっていて、訪ねてきた六郎の姿を見て激しく泣いた。六郎も嗚咽し言葉が出なかった。

つゆは三歳で父母がむごたらしい殺され方をされるのを眼にし、自らも傷を負わされた。そして、祖父母の死後、親戚の家をたらい回しにされ生きてきた。

今、成人してようやく夫となる人と出会い、所帯を持っている。つゆの孤独であった人生を思うと六郎は息の詰まる思いがした。

門司には、八坂甚八の妻となっている叔母の幾代もいた。八坂は資産家で、門司駅前で運送店を経営していた。

六郎は温かく迎え入れられ、小林と八坂が資金を出してくれて、門司駅前で乗降客相手の饅頭屋をひらいた。

翌三十八年七月には、世話する人があって加藤鉄也の妹いゑを妻にし、二人で働いた。六郎四十八歳、いゑ二十八歳であった。饅頭は「薄雪饅頭」と名付けて、売れ行きは上々であった。

二年後には、八坂の誘いで鳥栖に移り住んだ。

八坂は鳥栖駅前に広い土地を持ち、二階建ての八角亭という待合所を所有していて、その経営を六郎に託した。

博多から、鹿児島方面と長崎方面へ向かう鉄道の分岐点である鳥栖駅で汽車待ちをする人は多く、その人たちは待合所の畳敷きの部屋で休息をとり、入浴もした。

六郎はいゑとともに仕事に精を出し、女給を雇って切り盛りしたので、待合所は繁盛した。

二人には子どもが恵まれなかったので、東京でお世話になった叔父の上野四郎兵衛に請い、次男正博を養子に迎え入れた。

待合所の経営は順調で、正博は鳥栖から汽車で隣町の久留米商業学校に通った。

正博の一年先輩には、後のブリジストンの創業者石橋正二郎、政治家となった石井光次郎がいた。

いゑには商才があり、手伝いの女をさらに増やしたので、待合所の経営はますます栄え生活は豊かになった。

しかし六郎は、金銭的に豊かになればなるほど、心は満たされなくなってきた。

――両親の敵を討つと決心してから、艱難辛苦に耐え、臥薪嘗胆の日々を送ってきた。そしてついに敵を討った。復仇の一念はたしかに成し遂げたのだ。

そして、今、生活には何一つ不自由していない。

それでは、はたして自分は勝者なのだろうか。勝者とすれば、何に勝ったのであろうか。勝つということはどういうことなのであろうか。

鉄舟先生が言った「一閃の光を放つ」ことができただろうか。「電光影裏に春風を斬る」ことができたであろうか。そして、天地に恥じぬ生き方をしてきたであろうか――

思えば思うほど、六郎の心は暗くなった。

来し方行く末を思い、はかなさを感じてふさぎ込みがちであった六郎は、大正六年に病魔に侵され、九月四日この世を去った。六十歳であった。

棺は、鳥栖から秋月まで運ばれ、古心寺の両親の墓の傍らに埋葬された。

参考・引用文献

葉室麟『蒼天見ゆ』角川文庫
葉室麟『秋月記』角川文庫
吉村昭『敵討』新潮社
田代量美『秋月を往く』西日本新聞社
林洋海『秋月藩』現代書館
半藤一利『もう一つの「幕末史」』三笠書房
浦部登『維新秘話福岡』花乱社
菊池寛『大衆明治史』ダイレクト出版
水野幾次郎『明治復讐臼井孝勇傳』榮泉堂
竹川克幸『秋月の名君黒田長舒公の仁政』令和三年度（福岡）県民ふるさと文化講座資料
その他ネット検索多数

【著者紹介】

池松　美澄（いけまつ　よしきよ）

昭和18年（1943）、福岡県三潴郡江上村（現・久留米市城島町）に生まれる。昭和43年、佐賀大学文理学部法学専修卒業。5年余の銀行勤務の後、日本住宅公団（現・独立行政法人都市再生機構・ＵＲ）へ。福岡支所（現・九州支社）で6年半、用地課、総務課を経験し、本社へ。広報課、立地選定課、関東支社の事業計画部で6年間勤務後九州支社へ戻り、主に管理部門、訴訟部門を歩く。関連会社を経て、64歳で退職。退職後は民生委員12年、町内会副会長4年を経て町内会長4年を務めた。著書に『朝焼けの三瀬街道──信念を貫き通した男 江藤新平』（佐賀新聞社、2019年）『長溥の悔恨──筑前黒田藩「乙丑の獄」と戊辰東北戦争』（花乱社、2021年）。福岡市在住

日本最後《にほんさいご》の敵討《かたきう》ち──臼井六郎《うすいろくろう》の一念《いちねん》

2024年10月5日　第1刷発行

著　者 ── 池松《いけまつ》　美澄《よしきよ》

発行者 ── 佐藤　聡

発行所 ── 株式会社 郁朋社《いくほうしゃ》

〒101-0061　東京都千代田区神田三崎町2-20-4
電　話　03（3234）8923（代表）
ＦＡＸ　03（3234）3948
振　替　00160-5-100328

印刷・製本 ── 日本ハイコム株式会社

落丁、乱丁本はお取り替え致します。

郁朋社ホームページアドレス　http://www.ikuhousha.com
この本に関するご意見・ご感想をメールでお寄せいただく際は、
comment@ikuhousha.com までお願い致します。

ISBN978-4-87302-829-3 C0093